Histoires fâcheuses

Nouvelles

© 2022, Rogge Jean-Luc

Édition : BoD – Books on Demand, info@bod.fr

Impression :BoD - Books on Demand, In de Tarpen 42, Norderstedt (Allemagne)

Impression à la demande
ISBN : 978-2-3224-5065-7

Dépôt légal : décembre 2022

Nouvelle édition revue par l'auteur
1re publication : avril 2015

Photo de couverture : Gautier Rogge

Merci à Solène pour sa précieuse collaboration

Du même auteur :

- Histoires singulières
- Histoires à vivre avec ou sans vous
- De bien curieuses histoires
- Dérapages inattendus
- Fractures familiales
- Rien de grave, je t'assure

Jean-Luc Rogge

Histoires fâcheuses

Nouvelles

Amies d'enfance

1. Marc

La matinée avait été particulièrement sombre.

J'avais quitté la maison à six heures dans l'espoir de rallier la capitale assez tôt pour éviter les inévitables embouteillages journaliers mais, pas de bol, à l'approche de Bruxelles, je m'étais retrouvé dans des files interminables – deux poids lourds polonais étaient entrés en collision à l'aube – et l'autoroute était complètement bloquée.

Décidément, il n'y a plus que des bahuts des pays de l'est qui circulent en Belgique, avais-je alors songé.

J'avais pris mon mal en patience mais, à l'arrivée au boulot – je travaille comme magasinier dans une imprimerie –, mon boss, gros connard, n'avait pas apprécié.

— Vous n'avez qu'à utiliser les transports en commun, m'avait-il dit sèchement en me toisant de haut.

Bien sûr, chef, c'est évident, avais-je pensé en le fixant méchamment. Moins d'une heure de trajet en bagnole sans incident ou plus du double en empruntant bus, train et métro dont la station la plus proche est située à un gros kilomètre de la boîte. Ouais, y'a pas à hésiter ! Mais chef, vous êtes un génie. Comment n'avais-je pas envisagé plus tôt cette solution ? Les transports en commun, le fin du fin !

Pff ! J'aurais dû lui mettre un coup de boule à cet enfoiré.

Je n'avais pas cherché d'embrouilles, j'avais fermé ma gueule.

Et évidemment, toute la journée fut du même acabit.

Jusqu'à la machine à café du réfectoire qui rendit l'âme au moment où je me servais.

Au retour, rebelote, bouchons à n'en plus finir.

Triste monde, avais-je alors pensé tout en patientant dans la file.

Mais ouf, vendredi soir... week-end !

Arrivé à la maison, j'aurais voulu être accueilli sur le seuil de la porte par celle qui partage mon existence depuis dix ans déjà.

— Veux-tu que je te serve un petit apéritif pour te remettre de cette journée bien éprouvante ou préfères-tu que je te fasse couler un bain immédiatement, mon chéri ? aurait-elle été censée me dire.

— Un bain avec massage relaxant, lui aurais-je répondu.

Le rêve, quoi !

Mais non, rien de tout cela.

On n'est pas dans un film romantique ici. On est dans la vraie vie. Faut se réveiller, Marc, m'étais-je dit. Depuis l'époque merveilleuse des années cinquante, les bonnes femmes se sont drôlement émancipées !

Et, effectivement, comme la plupart du temps à mon retour, la baraque était désespérément vide.

De sortie, ma bourgeoise.

Je me suis donc fait couler le bain seul, j'ai oublié le massage bienfaisant et je me suis servi, pour me consoler, un verre de crémant de Bordeaux.

Enfin détendu après avoir avalé une deuxième coupe de ce délicieux remontant, j'ai allumé la télé.

J'ai commencé par suivre une chaîne d'infos mais comme on n'y parlait que d'otages décapités, de menaces de guerre et d'épidémie mondiale à nos portes, j'ai zappé.

Non mais, ils ne vont quand même pas me gâcher le week-end ces journalistes à deux balles, me suis-je dit. Et avec une météo au beau fixe, en plus.

À vingt-deux heures, elle n'était toujours pas rentrée et mon estomac qui gargouillait s'en inquiétait. Mais, tandis que je vérifiais dans le frigo si elle avait quand même pensé à nous acheter deux plats cuisinés chez le traiteur avant de partir, mon portable a sonné. C'était elle :

— Marc, faut que tu rappliques dare-dare. Je crois que j'ai commis une grosse bêtise, m'a-t-elle dit d'une voix paniquée.

— Quel genre ? lui ai-je répondu interloqué.

— Je t'en prie. Fais vite. J'ai un mec qui tambourine dans le coffre de la voiture.

— Tu as quoi ? Mais tu déconnes ou quoi ?

— Non, je t'assure. Je crois même qu'il est blessé.

— Mais qu'est-ce que tu baragouines, Pauline. Et puis, t'es où d'abord ?

— Sur le parking de la gare. Près de la bulle de récupération des bouteilles. Fonce et prends une couverture pour les petits.

— Les petits ! Mais quels petits ?

— Je t'expliquerai plus tard quand on aura résolu le gros problème du coffre. Aïe, on vient ! Fais vite mon amour ! m'a-t-elle dit d'une voix angoissée avant de raccrocher.

Y'a pas de doute, c'était du sérieux !

Marco, faut y aller presto, me suis-je dit.

Je me suis donc rhabillé en quatrième vitesse, ai chaussé mes Nike, emporté la couverture traînant sur le divan du salon pour en cacher les traces d'usure et suis parti la rejoindre en courant.

****

J'ai rencontré Pauline le jour de mes vingt-huit ans.

Pour fêter ça, Anne, la fille qui partageait ma vie à l'époque, m'avait invité dans le meilleur resto italien de la ville. Sûr que cela a dû lui coûter un os, la pauvre !

Nos relations n'étaient pas au beau fixe. À vrai dire, on commençait à s'emmerder royalement ensemble mais on ne voulait pas se l'avouer.

Pauline mangeait à la table à côté de la nôtre avec une copine. Dès que je l'ai aperçue, elle m'a fasciné. Très vite, malgré tous mes efforts, je ne parvins plus à ne pas tourner la tête constamment vers elle. Je ne pouvais plus détacher mon regard d'elle. De ses yeux noisette, de son sourire charmeur, de ses petits seins qui pointaient sous sa robe rouge de satin sexy à craquer, de ses longues jambes légèrement hâlées qu'elle prenait plaisir, tout en riant, à croiser et à décroiser lentement. Je ne voyais plus qu'elle.

Bref, j'étais raide dingue !

Arriva ce qui devait arriver. Anne me balança soudainement une demi-carafe d'eau sur la tête et quitta le resto tout de go.

Là, c'est évident, j'aurais dû la suivre, surtout après ce qu'elle venait de payer, mais, non, je suis resté.

Et tout a commencé.

Pauline fêtait également son anniversaire ce jour-là et le soir même, fameux cadeau, elle jouissait dans mes bras.

Il y a douze ans maintenant que cela dure. Et je ne m'en suis jamais lassé.

****

Purée, j'ai déjà plus de souffle. Deux petits kilomètres, c'est pas un marathon pourtant ! Je me suis surestimé.

Zut, je suis vraiment ballot ! Même si sa bagnole est déjà sur place, j'aurais dû prendre la mienne pour la rejoindre. On a beau vouloir préserver la planète, l'écologie a ses limites.

Allez, j'y suis presque.

****

Pauline a deux ans de moins que moi et je me suis vite rendu compte qu'elle n'avait rien d'une sainte-nitouche. Sûr qu'avant de me rencontrer, elle a dû en défoncer des plumards. J'ai rien eu à lui apprendre. Au contraire. Trois mois après notre première rencontre, elle débarquait dans mon minuscule appart au centre-ville mais, comme elle aime le grand air, après deux ans elle nous a déniché la maison de ses rêves : une demeure bourgeoise de la fin des années soixante avec hall, séjour, cuisine, véranda, deux salles de bains, trois chambres, cave, grenier, et, en prime, un magnifique jardin arboré. Superbe !

Mais l'entretien, je ne vous en parle pas ! Enfin, je n'ai pas à me plaindre puisque c'est elle qui a payé la bicoque. Et cash, en plus ! Rien à ajouter : du grand art. La classe pure.

Ah, qu'il peut être doux d'avoir des aïeux fortunés !

En contrepartie, elle m'a juste demandé de la retaper, notre belle demeure. Ça traîne, ça traîne mais je vais y arriver.

****

Mais bon Dieu, dans quel pétrin est-elle allée se fourrer ?

Étonnant car elle n'est pas du genre à chercher les embrouilles. Autant je suis impulsif, autant elle est dans l'analyse. Ouais, Pauline est beaucoup plus intelligente que moi. Pas évident à accepter pour un mâle mais je m'en suis accommodé. Une cérébrale romantique, voilà comment je la définirais. Elle adore les bouquins, les couchers de soleil, les petits déjeuners au lit, l'odeur de l'herbe fraîchement coupée...

Ouf ! j'y suis.

Les poumons carbonisés, mais j'y suis.

****

— Mais putain Pauline, t'as les seins qui remuent. Qu'est-ce que t'as sous ton sweater ?

Le regard dans le vide, l'air désemparé, Pauline hausse les épaules, relève légèrement son sweat bleu ciel de la main gauche, passe la droite sous celui-ci et en ressort deux chatons entièrement noirs. Les malheureux frissonnent et il m'est d'avis qu'ils ne sont pas sevrés depuis longtemps.

— Tu te rends compte de ce qu'il a osé faire ce connard ? Mais, dis Marc, est-ce que tu te rends compte de ce qu'il a fait ? me hurle-t-elle à la figure.

À vrai dire, pour l'instant, sinon qu'il est plus de vingt-deux heures, qu'on n'a pas encore bouffé et qu'au lieu d'être occupés à se câliner sous la couette, je me retrouve, le souffle court, sur le parking près de la gare désertée avec, face à moi, ma femme désemparée, deux chatons dans les bras, je ne me rends compte de rien, ou de pas grand-chose.

— Mon amour, calme-toi, je t'en prie, lui dis-je. Allez, viens, entre dans la voiture. On retourne à la maison, tu me raconteras tout cela à tête reposée. Et puis, finalement, pourquoi t'es pas rentrée directement avec la bagnole ? Ce n'est quand même pas ces deux minets qui t'auraient empêchée de rouler.

— Et lui, alors ? me lance-t-elle le doigt pointé vers le coffre de la voiture. Et avant que j'aie pu lui répondre quoi que ce soit, elle s'engouffre dans l'habitacle, côté passager.

Seigneur, mais je suis en plein cauchemar là. Il faut que je me réveille !

Je dois en avoir le cœur net. Je m'approche de l'arrière du véhicule, regarde machinalement aux alentours si personne ne vient, inspire profondément et, d'un coup sec, ouvre le capot.

Merde, elle n'a pas menti. Y'a bien un mec là-dedans. Et même qu'il n'a pas l'air bien frais. Endormi, évanoui, mort ? Je ne le sais pas exactement. En revanche, ce que je sais précisément, c'est que, dans le bide, il a le couteau planqué habituellement sous le siège passager de la voiture !

J'en ai assez vu.

Je referme le coffre, m'introduis en quatrième vitesse dans la bagnole et démarre en trombe. Mes pneus crissent sur le bitume.

La nuit est noire.

La pluie se met à tomber à grosses gouttes drues.

L'orage va éclater.

On se croirait dans un polar en noir et blanc des années soixante, me dis-je en fonçant vers la villa.

****

C'est sûr qu'elle a dû être fameusement révoltée ma Pauline. Elle est d'un naturel posé mais quand ça la dégoûte vraiment, elle se tient plus. Faut qu'elle agisse. À vrai dire, elle est facile à vivre à condition de ne pas empiéter sur ses plates-bandes. Elle a des convictions bien arrêtées et ne s'en laisse pas facilement conter.

Une chose est sûre, elle ne supporte pas les curetons, sauf les purs, comme elle dit, mais ils sont rares. Allez savoir pourquoi. Enfin, celui-ci, il ne ressemble pas pour deux sous à un abbé. Mais bon, depuis qu'ils n'ont plus de soutane, c'est pas toujours facile de les reconnaître. Regardez le père Gilbert.

— Il est mort ? me demande-t-elle.

— Je crois pas, lui dis-je, pour ne pas la paniquer davantage.

En fait, je n'en sais fichtre rien.

— Qu'est-ce qu'on va faire ? me lâche-t-elle d'une petite voix presque inaudible.

Et moi, en mâle protecteur :

— Ne t'inquiète pas, je suis là.

Mince, le mec qui a déclaré que pour tout être normalement constitué, réfléchir posément n'est pas chose aisée à réaliser en situation de stress extrême, n'est pas un couillon. Je confirme ses propos. Pourtant, maintenant, il faut que j'agisse.

Pauline est entrée dans la maison avec les chats. Quand je lui ai dit de ne pas s'inquiéter, que j'allais m'occuper de tout, elle m'a sauté au cou et embrassé violemment sur la bouche. Je me suis retrouvé aussi vite avec une trique d'enfer et, à vrai dire, s'il n'y avait eu ce problème urgent à résoudre, je l'aurais embrochée immédiatement.

Pauline et moi en amour, c'est top. Au début, je pensais qu'elle allait vite se lasser de moi. Le cul, ça ne dure qu'un temps, je suis pas dupe. Mais non, elle continue à apprécier. C'est vrai, on ne baise plus autant qu'au début mais lorsqu'on passe à l'action, c'est toujours aussi bon. De plus, niveau cérébral, malgré nos caractères différents, on réussit à vivre sur la même fréquence. Et, y'a pas à dire, là est l'essentiel. Je crois qu'elle m'aime vraiment. Ouais, je suis heureux avec elle. Je l'aime aussi.

Faut que je la sorte de ce foutu pétrin.

****

Bizarre, cette paire de menottes avec laquelle je viens d'attacher l'autre au radiateur de la cave. Nous n'avons pourtant jamais été très fétichistes ni guère portés sur les accessoires. Je ne me souviens vraiment plus dans quelles circonstances nous nous les étions procurées.

Décidément, ma mémoire fout le camp.

****

Après avoir entré la voiture au garage, je m'étais armé de ma batte de base-ball – j'ai pourtant jamais su jouer au base-ball – et, en ouvrant une nouvelle fois le coffre, j'étais prêt, au moindre signe de velléité de sa part, à défoncer le crâne de ce gogo mais, par chance, il était toujours inconscient.

Bien qu'il ne soit pas bien gros, je dirais une bonne soixantaine de kilos, j'ai connu alors les pires difficultés pour réussir à le hisser sur mes épaules et à le descendre dans la cave. J'ai cru que j'allais me péter le dos mais, bon, de ce côté, finalement, cela a l'air d'aller.

Pff ! je suis en nage. Ma chemise est détrempée. Mais, en définitive, pourquoi l'ai-je descendu ? J'aurais dû simplement aller le déposer devant les urgences de l'hôpital. Ils sont habitués à recueillir les colis suspects là-bas. Les rixes qui tournent mal, c'est pas ce qui manque dans la région. D'un autre côté, si l'autre s'en tire, il aurait peut-être pu alors mener les flics jusqu'au pas de notre porte. Il connaît peut-être même Pauline, le connard. Qui sait ? Et puis, il y a des caméras partout maintenant. Donc sûrement aussi devant les urgences de l'hosto. Non, finalement, j'ai bien agi. Dans la vie, mieux vaut ne pas se faire remarquer.

Après l'avoir menotté, j'ai récupéré le couteau en le retirant délicatement du bide de l'intrus. Faut dire que c'est un souvenir de famille auquel je tiens particulièrement. Mon grand-père l'avait trouvé, juste après la libération, lors d'une fouille, sur l'un des soldats allemands emprisonnés qu'il était chargé de surveiller. Fabrication artisanale garantie !

Pff ! J'en ai eu le cœur retourné. J'ai bien cru que j'allais lui dégueuler dessus. La lame n'était pas trop profondément enfoncée, je dirais pas plus de quatre centimètres, et j'ai cru bien faire en lui déversant un peu de désinfectant sur la plaie, mais c'est là qu'il s'est réveillé ! Il m'a fait peur, l'andouille. Il a poussé un hurlement semblable à celui d'un vampire à qui l'on aurait enfoncé un pieu dans le cœur. Je l'ai rendormi aussi sec d'un crochet du droit bien ajusté.

Mince, près de minuit, et on n'a toujours pas bouffé !

****

Pauline m'attend dans le salon. Elle doit avoir pris une douche. Elle porte pour tout vêtement une robe de nuit blanche échancrée, sur le dos de laquelle ses cheveux mi-longs encore humides laissent des traces. Ses tétons pointent sous le tissu. Une envie irrésistible de l'embrasser, de la caresser, de la mordre, de la posséder me saisit. Je la regarde et elle me regarde. Le même désir nous habite. Nous nous rejoignons et nos bouches se rencontrent, nos langues se mêlent, nos corps se déchaînent. Pendant un temps infini, nous nous libérons de cette tension insupportable subie au cours de cette folle soirée et jouissons à même le sol comme rarement auparavant nous avions joui.

Les chats sont endormis sur le canapé.
À la cave, un homme est enchaîné.

Enlacés, nos sens apaisés, nos corps repus, nous récupérons. La tension est retombée. Un silence reposant habite la pièce. Après avoir poussé un profond soupir, Pauline se lève lestement et se dirige, nue, vers la cuisine. Elle en revient deux flûtes et une bouteille de champagne à la main.
— Vas-y. Ouvre-la. Nous l'avons bien mérité, me susurre-t-elle à l'oreille.
Je m'exécute. Sa quiétude me sidère. Aurait-elle oublié ?
Elle s'approche des chatons et se met à les caresser nonchalamment tout en les consolant d'une voix mièvre :
— Mes pauvres amours. Avez-vous mangé suffisamment ? N'ayez pas peur, vous êtes en sécurité à présent. Ici, il ne vous arrivera rien.
Comme s'ils avaient saisi le message, ceux-ci lui répondent en poussant de curieux petits miaulements plaintifs entrecoupés de ronronnements joyeux.
Je lui sers une coupe. Elle saisit le verre que je lui tends, scrute les fines bulles remontant à la surface, le porte délicatement à ses lèvres et avale d'une gorgée le délicieux nectar.
Un voile sombre lui passe soudain devant les yeux et, sans que j'aie à intervenir, comme si elle avait saisi mon désir pressant de l'interroger, elle se dirige, toujours nue, vers la baie vitrée donnant sur la colline plongée dans l'obscurité et,

droite, le regard dirigé vers les ténèbres environnantes, elle énonce d'une voix de petite fille :

— On ne peut pas faire ce genre de choses, on ne peut pas.

Elle s'arrête un instant, perdue dans ses pensées, et poursuit posément :

— Pour me rendre au centre-ville, pour éviter de devoir payer le parcmètre, j'avais garé la voiture près de la gare, en zone bleue. À l'heure à laquelle j'étais arrivée, aux alentours de cinq heures, une seule place était libre, juste à côté de la bulle de récupération du verre. Je me souviens avoir hésité un moment. Et si un maladroit venait à l'érafler en se débarrassant de ses bouteilles, m'étais-je dit. Mais finalement, déprimée à l'idée de devoir repartir à la recherche d'un nouvel emplacement, j'étais restée. J'ai fait les courses, suis passée chez le traiteur et me suis ensuite rendue chez mon amie Arlette. Ah ! pauvre Arlette. Cela ne va pas fort avec son mec. Elle a épousé un vrai dingue. Il croit que tout est permis le gros porc. S'il rentre mal luné à la maison, il la bat. Elle reste avec lui pour le fric et les gosses. Je crois vraiment qu'il serait temps qu'elle en finisse. J'ai tenté tant bien que mal de la consoler, de l'encourager. Nous avons parlé, parlé. Le temps a passé. Lorsque j'ai regardé ma montre, il était plus de vingt et une heures. Nous nous sommes quittées et j'ai rejoint la voiture. Le parking était désert à présent. Chacun s'en était allé rejoindre son logis, ses joies, ses misères. J'ai déposé les marchandises sur le siège à l'arrière et me suis installée au volant. J'ai allumé la radio. On y diffusait un extrait de l'album *The Dark Side of the Moon* de Pink Floyd. Subjuguée par la musique envoûtante de mon groupe favori, j'ai attendu un instant avant de démarrer. Je me sentais bien. Grâce à la musique, je parvenais à me décharger du trop-plein émotionnel accumulé lors de ma conversation avec Arlette. J'ai pensé à toi. Tu devais être rentré. Nous allions nous retrouver dans quelques minutes. J'espérais que nous allions vivre un week-end formidable. Cette idée en tête, je me suis surprise à sourire. Et tandis que j'allais pousser sur le bouton de contact, j'ai vu approcher une silhouette à une centaine de mètres, un sac de toile en bandoulière.

Pourquoi ai-je attendu ? Je ne saurais le dire. Une intuition, peut-être ! Instinctivement, je me suis enfoncée profondément dans mon siège car je ne voulais pas être aperçue. Je ne souhaitais pas que le type qui arrivait puisse se demander ce que je foutais dans la voiture, dans l'obscurité, sur un parking désert. Je ne voulais surtout pas qu'il m'adresse la parole. En fait, j'ai pris peur.

Il est arrivé près de la bulle. Trois mètres tout au plus nous séparaient. Je pouvais le voir distinctement à présent. Je ne l'ai pas reconnu de suite.

— Tu le connais ? lui dis-je.

— Vaguement, me répond-elle tout en continuant à scruter les ténèbres.

— ...

— Le mec de Sabine, la postière, une ancienne bonne amie de bahut que j'ai recroisée récemment. Il était avec elle et le moins que l'on puisse dire, c'est qu'il fut désagréable. À peine si on a eu le temps de se faire la bise. Je me demande dans quel bled elle est allée le dénicher son loubard à la casquette toujours vissée sur la tête. Qu'est-ce qu'il a pu lui faire pour qu'elle succombe à ses avances, ce connard ? Ah, l'amour et ses mystères, je te jure !

— Que s'est-il passé ensuite ?

— À sa manière de tourner la tête de tous côtés, de se balancer comme en pleine séance de rap, j'ai compris qu'il n'était pas clair le jojo. J'ai cru qu'il attendait un client pour lui refiler de la came. Je t'assure, j'aurais voulu disparaître immédiatement. Il y a des mondes qu'il est préférable de ne pas fréquenter. Je me sentais rapetisser de seconde en seconde.

— Et ?

— Brusquement, il a ouvert le sac qu'il portait toujours sur lui et en a retiré les deux chats apeurés. Tu imagines ma surprise !

Et là, j'ai compris. Ce salopard allait balancer les chats dans la bulle comme on se débarrasse d'objets superflus et il allait disparaître ensuite comme si de rien n'était. Comme s'ils n'avaient jamais existé.

Révoltée, j'ai bondi sans réfléchir de la voiture et lui ai demandé ce qu'il avait l'intention de faire.

Un chaton gesticulant dans chaque main, il s'est retourné, m'a toisée de la tête aux pieds d'un regard froid assassin et m'a demandé de dégager immédiatement si je ne voulais pas avoir d'ennuis.

Hors de moi, prête à lui sauter dessus, je lui ai répondu en criant de s'arrêter, lui, s'il ne souhaitait pas passer la nuit au commissariat. Pour toute réponse, il m'a balancé, en haussant les épaules :

— Mêle-toi de tes oignons, connasse.

Désespérée face à mon impuissance, je me suis sentie profondément bafouée, humiliée. J'aurais tellement voulu que quelqu'un passe à ce moment pour m'aider mais le parking était dramatiquement vide. M'ignorant ensuite totalement, moi quantité négligeable, cet abominable macho de mes deux s'est retourné vers la bulle et a balancé les deux bêtes dans les orifices normalement prévus pour accueillir les bouteilles vides.

C'en était trop pour moi. L'horreur a ses limites. Je me suis précipitée vers la voiture et j'ai récupéré sous le siège passager le couteau de ton aïeul. Ah ! je t'ai tellement reproché de laisser cette arme dans la bagnole. Mais tu avais raison : le monde d'aujourd'hui est plein d'imprévus auxquels il s'agit de pouvoir faire face, le moment venu. Et alors qu'il récupérait par terre son sac vide, sans réfléchir, la rage au ventre, je me suis lancée sur lui et lui ai planté la lame dans le bide.

Surpris, il a lâché son sac et est resté immobile l'espace d'un instant. Tout en baissant les yeux, il a ensuite porté la main droite sur son ventre. Puis, il m'a jeté un regard incrédule empli de fureur. Il a alors voulu me saisir le cou et, pour lui échapper, j'ai commencé, paniquée, à courir autour de la voiture. Les bras tendus dans ma direction, il m'a suivie. Une frayeur indicible m'a saisi. Tout en fuyant, je me suis revue enfant, occupée de jouer à colin-maillard et tentant, effrayée, d'éviter que l'un de mes camarades de l'époque ne me saisisse. Et alors que je sentais mon sang se glacer, le souffle me manquer et la mort approcher, il s'est écroulé d'un bloc à l'arrière du véhicule.

Dans un état second, je me suis approchée de lui, je lui ai porté un coup de pied aux fesses et, après avoir constaté qu'il ne réagissait plus, j'ai ouvert le coffre. Dopée sans doute par un taux d'adrénaline élevé, j'ai réussi, sans trop de peine, à le balancer à l'intérieur. D'un coup sec, j'ai claqué la porte. J'ai fermé les yeux et suis restée immobile un moment. J'ai senti le vent me caresser le visage. Au loin, un vague grondement se fit entendre. L'orage approche, me suis-je dit.

J'ai enfin pu retrouver un second souffle. J'ai rouvert les yeux. J'étais seule, seule dans la nuit sur le parking désert de la gare. Et si j'avais rêvé ? Si toute cette histoire était le fruit de mon imagination ? ai-je alors pensé.

Quelques secondes plus tard, il cognait comme un sourd l'intérieur du coffre !

Prise subitement de tremblements intenses sur l'ensemble du corps, j'ai tenté tant bien que mal de me calmer, de reprendre mes esprits. J'ai attrapé mon portable et je t'ai appelé. Et soudain, tandis que je te parlais et qu'un vieil homme approchait lentement à vélo, les coups ont cessé.

C'est alors que j'ai repensé aux chats !

Le vieux parti, je me suis précipitée vers la bulle. Par chance, celle-ci était pratiquement pleine et, le bras droit enfoncé dans l'orifice, j'ai pu récupérer un à un les deux chatons, sonnés mais entiers. Je me suis assise sur le trottoir et je t'ai attendu. Ils se sont mis à ronronner. Les larmes ont commencé à couler sur mes joues.

****

Pauline se retourne, cherche un soutien dans mon regard et, alors qu'à l'extérieur le vent redouble de violence et la pluie d'intensité, elle me murmure :

— Il voulait les tuer, Marc. Il voulait les tuer.

Je la prends dans mes bras, la serre délicatement contre moi, lui baise tendrement les lèvres et m'entends lui répondre :

— T'as bien fait, mon amour. T'as bien fait. Cette pourriture n'a reçu que ce qu'elle mérite. D'ailleurs, on devrait lui réserver le même sort que celui qu'il avait imaginé pour les bêtes : le laisser là ; ne plus y penser, l'oublier !

Mais lorsqu'on s'est couché, vers deux heures du mat, je n'ai pas pu m'endormir. Logique, comment vous détendre alors qu'un mec que vous avez menotté niche dans votre cave avec une blessure au bide ?

Même si ce type a commis un acte immonde et abject, il n'a quand même zigouillé personne, ce taré, ai-je pensé. Si tous les zigotos qui abandonnent chiens et chats devaient y passer, sûr que les problèmes de chômage et de retraite seraient réglés ! Non, ce qu'il faudrait, me suis-je dit, c'est réussir à lui faire prendre conscience de l'atrocité de son geste et tenter de le raisonner.

Puis je me suis rendu compte de l'invraisemblance de cette idée. Chacun a sa propre vision du monde et perçoit les choses différemment. Pour certains, un animal n'est malheureusement rien d'autre qu'un objet. On a beau se révolter contre ça, on n'y peut rien. Le monde est ainsi fait.

Cela m'a rasséréné. Je n'y ai plus pensé et je me suis enfin assoupi. J'ai alors dormi comme un loir.

Le lendemain matin, je me suis levé à dix heures. Après avoir pris une douche et m'être rasé, je suis allé à pied nous acheter deux baguettes à la boulangerie la plus proche. Samedi, jour de marché, j'en ai profité au retour pour flâner devant les éventaires des marchands ambulants. Chacun semblait de joyeuse humeur. Le ciel était tapissé d'un bleu chaleureux. Une belle journée de fin d'automne se profilait. Nous allions devoir en profiter. Nous devrions aller à la côte, me suis-je dit. Une longue balade le long de la plage dans l'après-midi et un bon petit gueuleton en soirée avant le retour, ai-je imaginé. Soixante-dix kilomètres. Même pas une heure de route !

Je suis rentré. Pauline venait de s'éveiller et s'amusait avec les chats déjà parfaitement à l'aise dans la maison et totalement remis de leurs émotions de la veille. Avec la nourriture que maman va vous donner, sûr que vous prendrez bien vite du poids, leur a-t-elle dit sans imaginer un instant qu'ils ne puissent la comprendre. Emballée à l'idée de partir à la mer, elle me couvrit de baisers et, le petit déjeuner avalé, me proposa de démarrer le plus vite possible. J'acquiesçai. Elle se leva donc pour aller se préparer dans la salle de bains et, tout en y pénétrant, me demanda, sans même se retourner, d'une voix désinvolte, si tout se passait bien dans la cave avec ce sale fils de pute !

****

En remontant les escaliers, une question à laquelle je ne parvenais pas à répondre avec certitude me turlupinait : le problème auquel nous étions confrontés depuis la veille prenait-il de l'ampleur ou, au contraire, était-il résolu ?

J'avais laissé au sous-sol vendredi à minuit un homme endormi ; j'y avais retrouvé le lendemain samedi à midi un macchabée bien froid !

****

Revigorés par notre escapade à la côte, Pauline et moi sommes rentrés à la villa vers vingt-trois heures. Alors qu'elle s'installait confortablement devant la télé pour y suivre l'émission souvent sulfureuse de Ruquier du samedi en fin de soirée, je me suis rendu au jardin armé de bêche, pelle, râteau et brouette pour m'y adonner à de menus travaux de jardinage à la seule lueur de la pleine lune. Ah ! quel bonheur de pouvoir bricoler quand bon vous semble à l'abri des regards indiscrets.

Épuisé après avoir creusé, déplacé, ratissé une bonne partie de la nuit, je suis allé me coucher, l'âme en paix et fier du devoir accompli, alors que l'aube pointait.

Pauline s'est félicitée d'avoir épousé un homme à la main verte.

Je l'aime.

2. Sabine

— Je suis certain que c'est Mickey, maman. Il n'a jamais pu blairer les animaux. Souviens-toi comme il a accéléré le soir où, sur la route, ce chien errant s'est retrouvé, tétanisé, dans le faisceau des phares de la voiture. Si tu ne lui avais pas hurlé de s'arrêter, il l'aurait écrasé, ce connard.

— ...

— Ils reviendront plus, je le sais. Il doit les avoir tués. Je le déteste !

— Arthur, je t'en prie. Ne raconte pas de sottises. Des chats qui disparaissent deux jours, ce n'est pas exceptionnel, je t'assure.

— Trois jours maman. Trois jours. Ils n'étaient déjà plus à la maison lorsque je suis rentré de l'école puis parti chez papa vendredi soir. Après t'avoir appelée hier pour savoir s'ils étaient revenus, je lui en ai d'ailleurs parlé. Pour lui, c'est clair comme de l'eau de roche, Mickey est responsable.

— Écoute, Arthur, épargne-moi les réflexions de ton père, je suis assez à cran comme cela. Et plutôt que de jouer à Monsieur « je sais tout », il ferait mieux de me régler ses deux mois de retard de pension alimentaire, celui-là. Et arrête d'appeler ton beau-père Mickey. Il a un prénom, quand même !

— T'avais qu'à pas le dénicher à Disneyland, ton intermittent du spectacle.

— Ouais, bon, arrête maintenant Arthur, ou je t'en colle une bonne. J'en ai marre de vous tous. Je suis à bout. Tu peux comprendre ça ?

— Tu t'en fous, en fait. Il s'est débarrassé de mes chats et tu t'en fous. Pardonne-moi d'exister maman. Fallait pas me mettre au monde si je suis de trop.

— Je suis fatiguée Arthur. Tellement fatiguée. Et si cela t'intéresse, Djémil s'est aussi volatilisé. Tout comme les chats, il n'a plus pointé le bout du nez à la maison depuis vendredi. Crénom, quelqu'un peut-il m'expliquer ce qui se passe dans cette foutue baraque ?

— Ben, lui au moins, j'espère qu'il s'est tiré pour de bon !

— Arthur, je t'en prie.

— Ouais, mais quand même, maman.

— Allez fiston, file donc faire tes devoirs dans ta chambre pendant que je prépare le dîner.

Me calmer, faut que je me calme ! Bon, un petit whisky, cela me détendra.

Putain, trente-huit ans, et l'impression d'être déjà si vieille. J'ai tout raté dans la vie. J'en ai marre. Il y a des fois, je voudrais disparaître. Pour de bon ! S'il n'y avait pas Arthur, je crois que j'arrêterais les frais.

Je sais qu'on ne vit pas de regrets mais, mon Dieu, si je pouvais recommencer tout ça !

Première bévue : Vincent. J'avais vingt-deux ans et j'étais toujours vierge lorsque je l'ai rencontré. Mince, il ne faut pas laisser les enfants se bercer d'illusions et croire au prince charmant. Ce n'est pas que les occasions avaient manqué mais au nom de principes ridicules, émanations d'une éducation rigide, auxquels j'avais adhéré, j'avais vécu dans la chasteté absolue jusqu'à cet âge. Telle une novice qui se préserve pour Dieu, j'avais attendu patiemment que l'amour frappe à ma porte. Pas de chance, c'est Vincent qui a frappé : un gars charmant avec une belle situation, bien élevé, poli, pas mal de sa personne. Bref, le gendre idéal aux yeux de ma mère qui ne fut pas la dernière à me pousser dans ses bras. Bonheur garanti aux yeux de tous pour les deux tourtereaux. Il n'y avait pas à hésiter.

Et avant de réellement nous connaître, nous étions mariés !

Réveil brutal. Après moins d'un an de vie commune, nous étions installés comme un vieux couple dans un train-train de vie sécurisant.

Cruelle désillusion.

Au lit, ce fut pire encore. C'est simple : je n'ai jamais joui avec lui. J'ai longtemps cru être frigide. Comme quoi les répétitions sont indispensables.

Énorme erreur de casting.

Et c'est alors que l'on se dit qu'on aurait mieux fait d'en profiter avant le mariage. Et c'est alors que l'on songe à retrouver la liberté.

Début de la fin d'une aventure ratée. Sauf que pour corser la situation, c'est à ce moment précis que je me suis retrouvée – limites de la méthode Oginot tant vantée par ma mère – enceinte.

Morne grossesse.

Neuf mois plus tard, Arthur est né et je me suis concentrée sur mon rôle de mère. Vincent, lui, s'est englouti dans son boulot. Et de plus en plus, sans vraiment avoir quoi que ce soit de bien tangible à se reprocher, on s'est de plus en plus éloignés sans espoir ni désir d'encore un jour se rapprocher.

Ensuite, j'ai repris mon job à la poste. Nous avons vécu alors pendant plus d'une décennie une vie pépère dans une ville pépère, sans tourbillons, sans artifices. Pas vraiment malheureuse, pas vraiment heureuse. Avec beaucoup de faux-semblants, de faux-fuyants. J'étais résignée.

Puis Arthur émit le souhait, pour son douzième anniversaire, de vivre autre chose que cette réunion de famille obligée autour d'un gâteau à son nom. Marre de souffler les bougies, le pauvre chou. Vincent nous concocta donc un séjour de trois nuitées à Disneyland Paris. Chouette surprise pour Arthur qui put même y emmener son meilleur copain car, la veille du départ, mon cher et tendre époux nous fit faux bond sous le fallacieux prétexte d'un séminaire professionnel de dernière minute.

L'abruti ! Non seulement, il me trompait, mais en plus, il me prenait pour la dernière des dindes.

Bien, dans quinze minutes, les pommes de terre seront cuites. La table est dressée pour deux. Pas compliqué. Ne me reste que les petits pois à réchauffer et les steaks à griller. Quel menu de gala. Bah ! j'ai le temps de reprendre un petit verre.

Deuxième bévue : Djémil. C'était il y a deux ans mais je m'en souviens comme si c'était hier. Nous étions dans le parc quand il a surgi devant nous. Bien que l'on puisse s'y attendre dans un tel endroit, j'ai quand même été surprise lorsque je me suis retrouvée face à Mickey qui se mit immédiatement à faire le pitre pour nous. Heureux enfants qui vécurent une journée formidable car leur héros favori nous poursuivit toute la journée.

Je trouvais ça vraiment bizarre. Nous avait-on confondus avec des célébrités ? Aurais-je un petit air de Victoria Beckham, me suis-je interrogée.

Le soir, alors que nous allions regagner notre chambre, il réapparut pour la énième fois dans le hall de l'hôtel pour nous souhaiter une bonne nuit. Cela en devenait lassant. Mais, peu après, alors que nous allions pénétrer dans l'ascenseur, la tête aux grandes oreilles s'approcha de moi et, d'une voix soudainement plus masculine, me chuchota à l'oreille :

— Si cela vous dit, quand les gamins seront couchés, je vous offre un verre au bar.

Être invitée par une marionnette à boire un coup, quoi de plus normal ! J'ai accepté sans réfléchir et à minuit je me trouvais attablée avec Djémil, employé intérimaire chez Disney, français d'origine maghrébine par son père, dix ans de moins que moi, des cheveux d'un noir de jais, et un regard à tomber raide dingue.

Le lendemain soir, je jouissais dans ses bras pour la première fois de ma vie.

— Arthur, à table.
— Cinq minutes maman. Je termine un truc.

Ouais, bon, je connais l'asticot. On va encore manger froid.

Ensuite, on s'est vus en cachette. Comme il travaillait le week-end, il avait des jours de récupération en semaine et il venait me retrouver. Je lui prenais une chambre à l'hôtel de la Poste situé, le nom ne trompe pas, à proximité de mon lieu de travail. J'en suis vite devenue folle. J'ai senti que je ne pouvais pas laisser passer ma chance. J'ai tout plaqué pour lui.

Depuis, Vincent me déteste ; mes parents ne veulent plus me rencontrer mais continuent de le fréquenter, lui ; et au boulot, les clients qui me connaissent me zieutent de travers. Je suis devenue la pestiférée.

Petite ville, petites mentalités.

Il y a deux ans maintenant qu'on vit ensemble. Il baise toujours aussi bien. J'aurai au moins connu cela dans ma chienne de vie. Pour le reste, on s'est installés dans une petite maison assez vétuste qu'on loue, enfin que je loue, puisque Djémil ne travaille pas pour le moment. En fait, il va de petit boulot en petit boulot mais les intervalles sans job sont de plus en plus longs. Donc, il glande beaucoup en m'attendant. On a d'ailleurs connu quelques frictions à ce propos. Mais pour lui, c'est la faute à la crise et à ce foutu chômage qui gangrène tout.

Avec mon traitement, la pension alimentaire pour Arthur que nous verse Vincent, et le peu qu'il réussit à apporter, on s'en sort. Mais de justesse.

Entre Arthur et lui, ce n'est pas la joie mais ce n'est pas dramatique non plus. Ils s'entendent mais surtout devant la PlayStation. Pour le reste, ils se supportent.

Ce qui m'ennuie, c'est que j'ai tout quitté pour sortir de ma torpeur, pour enfin vivre une vraie vie et je dois malheureusement constater que je suis vite retombée dans une même insoutenable routine. La léthargie me tue.

Décidément, la vie est un énorme foutoir duquel on ne peut sortir.

— Je suis là, man.
— Ce n'est pas trop tôt, gamin.
— Dis man, tu ne crois pas que tu devrais appeler la police pour Mickey ?
— Pour leur dire quoi chéri ? Que mon mec s'est probablement tiré avec une plus jeune que moi ? Non, crois-moi Arthur, les flics, il vaut mieux pas aller à leur rencontre. Ils débarquent assez tôt, comme cela, chez vous, sans y avoir été invités. S'il y a quelque chose, on les verra assez vite, je t'assure.
— Et qu'est-ce que tu imagines là, maman ?

— Je n'imagine rien. Tout ce que j'espère, c'est que les gens qu'il fréquente assidûment ces derniers temps ne l'auront pas persuadé d'aller faire la guerre avec les djihadistes.
— T'es sérieuse, là, maman ?
— Tout ce qu'il y a de plus sérieux, Arthur. Alors, tu comprends maintenant la raison pour laquelle je n'ai pas particulièrement envie de voir débarquer les poulets ici.
— Ouah ! Qu'est-ce que papa va penser de ça ?
— Motus et bouche cousue ou je t'étrangle. Allez, mange ton steak.
— Et les chats, maman ?
— Je ne sais pas, Arthur. Je ne sais pas. Fais comme moi : espère. Finalement, ils ont peut-être retrouvé leur mère. On ne les avait que depuis deux semaines finalement.
— Moi, je suis sûr qu'il les a butés. Une souris n'aime pas les chats, maman, tu le sais bien.
— Oh là ! tu reprends le dessus, toi.

Allez, un petit dernier avant d'aller me coucher.
Pff ! Je crois qu'il faudra que je me fasse à l'idée d'être à nouveau célibataire.
Le salaud, me laisser tomber comme une chiffe molle. Misère, c'est son sexe tout chaud entre les jambes qui va me manquer le plus.
Bon, faudra quand même que je songe à contacter Arlette demain. Si ça tombe, les chats sont vraiment retournés rejoindre leur mère chez elle.

3. Arlette

Mon Dieu, Sabine déraille.

Mais comment a-t-elle été capable d'imaginer que ses deux chatons puissent être revenus chez moi en parcourant, au bas mot, cinq kilomètres à travers la ville. Que leur mère parte à leur recherche, ça au moins, on pourrait encore, à la limite, le concevoir, mais le contraire ! On n'est pas dans un Disney, ici, ma chérie.

Ainsi, son mec a pris la tangente. Enfin, dirais-je. De toute manière, Sabine ne m'a pas semblé particulièrement traumatisée par la situation. À l'entendre m'en parler d'un ton posé, j'en conclus qu'elle pourra s'en remettre aisément. Faut bien avouer que cette petite vermine a su vivre à ses crochets et profiter d'elle comme pas deux. Quoi qu'il en soit, la voilà enfin débarrassée. Je l'envierais presque.

Ah ! il ne faudra surtout pas que je parle des chatons à Élisabeth et Jean-Charles. Les enfants seraient anéantis s'ils devaient apprendre que les petits de Duchesse ont disparu.

Sapristi ! Il ne m'a pas raté l'asticot. Faudra une sacrée couche de fond de teint pour effacer cet hématome sous ma pommette. Oh ! l'abruti.

Comme la vie est curieuse.

Sabine, Pauline, Arlette : notre trio sur le point d'être reconstitué. Qui eut pu l'imaginer il y a deux mois à peine ? Hasards de l'existence. Je suis heureuse.

Dire que pendant plus de dix ans, de la première classe de primaire à la dernière du secondaire, nous fûmes unies à la vie, à la mort. Trois amies qui s'entendent à ce point sans que la jalousie s'emmêle, sans que rien ni personne ne puisse les séparer. C'était inconcevable, inouï... suspect, même, aux yeux de beaucoup ! Lorsque je repense avec mélancolie à cette période, je me dis que c'était magique, irréel.

Puis, après le bac, nos routes ont bifurqué. Pauline est partie à l'université, Sabine a été engagée à la Poste et j'ai entamé un graduat en secrétariat.

On a beau alors, au moment de la séparation, se promettre de rester unies, de garder le contact, de ne jamais s'oublier... la vie a tôt fait de vous éloigner. Lentement, insidieusement au gré de nouveaux univers, au gré de nouvelles rencontres, une barrière invisible s'installe entre vous. Et finalement, on s'oublie. Et pendant plus de vingt ans, tout en fréquentant pourtant encore régulièrement la même petite ville de province, hormis deux ou trois brèves rencontres de hasard, on ne se revoit pratiquement plus.

Et puis, il y a six semaines, à la sortie du supermarché, je tombe nez à nez avec Pauline. Le choc. On s'est d'abord observées quelques secondes nous guettant, nous épiant, nous demandant si nous ne rêvions pas, puis, rassurées par nos mines réjouies, nous nous sommes approchées et embrassées. Comme nous avions un peu de temps toutes les deux, nous sommes allées prendre un thé et nous avons beaucoup causé. Il fallait soudainement que nous sachions tout à nouveau l'une de l'autre. Après une petite heure, malgré ce vide de deux décennies, nous avions l'impression de ne nous être jamais quittées réellement. Et depuis, chaque vendredi après-midi, nous nous revoyons. Tantôt chez l'une, tantôt chez l'autre. Vendredi dernier, c'était ici.

Trois semaines plus tard, je laisse une petite annonce à la boulangerie dans laquelle je déclare rechercher une âme sensible pour accueillir chez elle les deux petits de duchesse. J'y indique mon adresse et le lendemain matin, à la première heure, on sonne. Contrariée que l'on puisse me déranger aux aurores, j'ouvre la porte en maugréant et me retrouve face à face avec Sabine. Énorme surprise pour toutes les deux.

Elle ne repartira avec les chatons que vers midi. Nous avions tant de choses à nous raconter.

Quel bonheur d'avoir retrouvé mes partenaires. Comme il peut être agréable de pouvoir à nouveau se confier, de partager ses secrets. Comme il peut être réconfortant de se savoir comprise. Comme il peut être enrichissant d'écouter à son tour. Je me suis subitement rendu compte à quel point mes amies m'avaient manqué durant tout ce temps.

Pour leur part, si Sabine et Pauline se sont revues récemment, elles n'ont pas réellement pu communiquer. Sabine était accompagnée de Djémil et, comme celui-ci n'est pas fou des causettes impromptues entre copines en rue, leur rencontre a tourné court.

Ah ! Je me réjouis vraiment d'organiser leurs vraies retrouvailles.

Bien, le maquillage produit son effet. Je pense être à nouveau à peu près présentable. Quelle honte, quel désespoir.

À la réflexion, je crois pouvoir affirmer que nous avons obtenu toutes les trois dans la vie ce à quoi nous aspirions adolescentes, mais avons-nous cependant pour autant trouvé le bonheur ? Ah ! la triste réalité du quotidien de chacun est rarement en adéquation avec les rêves passés.

Je revois Pauline, la plus intello de nous trois, issue d'un milieu plus bourgeois que le nôtre, nous prêchant, au cours de nos longues discussions, l'indépendance de l'âme et la liberté du corps, nous prônant les valeurs humanitaires, se refusant de procréer pour éviter de condamner un être innocent à vivre dans ce monde absurde.

Son diplôme en poche, Pauline partit pour trois ans en mission humanitaire dans divers coins d'Afrique porter assistance aux plus démunis. Elle connut de nombreux hommes et quelques belles histoires auxquelles elle mit cependant toujours précocement un terme, de peur qu'elles ne dégénèrent. Elle n'a pas d'enfants. La vie envisagée, donc.

Puis, grain de sable, elle rencontra Marc et l'amour. Et à présent, après plus de dix années passées avec lui, elle m'a avoué que le désir d'enfanter la hante jour et nuit. Elle craint qu'il ne soit trop tard.

Je repense à Sabine espérant de tout son être vivre le grand amour, excluant de s'en aller papillonner les week-ends avec nous, préférant se préserver pour l'homme idéal qu'elle ne manquerait pas, nous assurait-elle, de rencontrer.

Et, effectivement, Sabine rencontra le grand amour mais, avant même qu'elle eût mis son fils Arthur au monde, toutes ses illusions s'étaient envolées. Tout comme son berbère, maintenant. Cela ne m'étonne guère qu'elle cherche la fuite dans la boisson.

Je me souviens de l'obsession qui m'habitait afin de dénicher, moi la plus réaliste, celui qui m'apporterait la sécurité matérielle, celui qui me permettrait de vivre aisément dans le confort et la sécurité, revanche sur une enfance durant laquelle il m'avait fallu apprendre à compter.

J'ai rencontré Jean-Louis au bureau. Mon histoire est l'histoire banale d'une jeune secrétaire qui réussit à séduire le fils du patron et qui, à force d'obstination, élimine tous les obstacles qui se dressent devant elle et qui, finalement, l'épouse.

Nous sommes mariés depuis seize années. Nos enfants, Élisabeth et Jean-Charles ont quinze et quatorze ans. Je suis femme au foyer. Nous habitons une villa merveilleuse, assurément la plus cossue de la ville, digne, à n'en pas douter, de figurer dans le mensuel *Maisons et Jardins*. Je ne travaille pas. Je passe des heures sur ma terrasse à observer ciel, arbres, oiseaux. Je possède une carte de crédit Gold et suis invitée à toutes les soirées mondaines organisées dans notre petite ville bourgeoise. Les affaires vont bien et l'argent coule à flots. Les femmes de mon entourage m'admirent et m'envient... mais je suis désespérée.

Pouvoir me confier à Pauline samedi passé m'a réconfortée. Elle a trouvé les mots justes pour me remonter le moral. Pauline, je ferais tout pour elle. Petites, on s'était amusées à se mélanger notre sang en se coupant légèrement le pouce avec un couteau. Nous avions vu cette scène dans un vieux film à la télé. Nous avions été subjuguées. Je n'ai pas oublié.

À l'époque où j'ai rencontré Jean-Louis, autant celui-ci était déjà requin en affaires, autant il était timide et pudique en matière de sentiments. Il m'avait fallu faire preuve d'énormément de patience et utiliser tout mon arsenal de séduction pour qu'il m'invite enfin, plus de trois mois après mon engagement, une première fois au cinéma un samedi soir et qu'il succombe à mes avances répétées et m'embrasse sur la bouche.

Un semestre passa alors au cours duquel, si nous sortions tous les week-ends ensemble et nous considérions déjà comme couple, nous nous contentions cependant de bécoter. Sans plus. C'est à peine si, au cours d'une soirée arrosée, il osa m'effleurer les seins. À près de vingt et un ans, tous les deux !

Comme nous n'étions pas encore officiellement ensemble, je me suis donc dit qu'il était temps d'enfermer l'oiseau en cage avant qu'il ne s'échappe.

La première fois, je m'en souviens parfaitement, c'était un vendredi soir vers dix-huit heures dans son bureau. Odette, ma collègue de l'époque, venait de partir et nous nous sommes retrouvés seuls. Assis sur son fauteuil à roulettes, il rangeait consciencieusement les dossiers encombrant sa table de travail. J'en ai profité pour me placer derrière lui et, sans qu'il s'en aperçoive, j'ai ôté slip et soutien pour ne conserver sur moi que ma robe de satin rouge me moulant généreusement les formes. J'ai alors passé délicatement le bras droit par-dessus son épaule, ai approché la main de son visage et, ouvrant lentement celle-ci, lui ai fait humer l'odeur de mon slip de soie blanche que je tenais enserré dans mon poing. Incrédule, il a tourné la tête et m'a regardée. Je n'ai plus hésité. J'ai pivoté le fauteuil vers moi, l'ai embrassé sauvagement, lui ai ouvert la braguette, l'ai enjambé immédiatement à même le siège et ai introduit son membre dressé dans mon sexe humide. Il a joui sur-le-champ et souri béatement. J'étais ravie.

Une étape de franchie, me suis-je dit.
Deux semaines plus tard, j'étais invitée chez ses parents.
Trois mois plus tard, nous étions officiellement fiancés.
Un trimestre de plus et nous nous sommes mariés.
J'étais aux anges.
Mon enfer pouvait débuter.

J'ai le sentiment que tout dérailla par la suite à cause de cette fâcheuse mise en scène.

Après cette première coucherie, Jean-Louis me perçut différemment. Avec moi, il imagina avoir trouvé l'épouse parfaite, bien sous tous rapports, mais prête à satisfaire dans l'intimité le moindre de ses fantasmes et à assouvir toutes ses perversions. Il crut s'unir à la salope idéale prête à jouir sur chaque coin de table ou de lavabo.

Je suis tout... sauf cela.

Mon scénario minable n'avait d'autre but que de le faire craquer.

Je déteste le sexe et ses caresses abominables. Je déteste les baisers. Je déteste le contact d'une autre peau sur la mienne. Sentir un sexe d'homme s'introduire en moi et y effectuer d'interminables mouvements de va-et-vient me révulse, me donne envie de gerber.

Si je réussis à le faire patienter jusqu'au mariage avant de renouveler l'expérience, une fois la bague au doigt, il me fallut bien prendre sur moi et accepter ses avances légitimes. Et contrairement à ce que je m'étais imaginé, il se révéla d'un tempérament très gourmand en matière de sexe. Trop gourmand. Il me fallut inventer des stratagèmes ringards pour échapper à ses assauts répétés. Mes multiples migraines ne tardèrent pas à l'énerver. En homme d'affaires avisé, il commença à se sentir floué sur la marchandise proposée et m'en fit le reproche. De violentes disputes secouèrent notre jeune vie de couple. Heureusement, je suis alors tombée enceinte. Une fois. Deux fois. Lorsque je me suis plainte auprès de lui de maux de ventre violents, mon gynécologue nous conseilla l'abstinence pour éviter toute fausse couche ou tout accouchement prématuré. Quel soulagement pour moi. Je connus deux années de répit.

Et puis, le jour de mon vingt-quatrième anniversaire, au retour du restaurant où nous avions dégusté homard avec champagne, alors qu'en cette chaude soirée d'été nous nous étions installés sur le transat de notre terrasse et que nous admirions le ciel étoilé, Jean-Louis, légèrement éméché, me demanda si j'étais enfin prête à reprendre sérieusement mon rôle d'épouse. Je tentai la dispersion en lui répondant en souriant que je pensais tenir à la perfection mon rôle de mère et de femme au foyer et que je ne voyais vraiment pas ce que je pouvais lui apporter de plus. Il me regarda bizarrement et me répondit que j'allais comprendre. Il s'éclipsa quelques secondes dans la maison et en revint une boîte joliment emballée à la main. Voilà ma chérie, me dit-il en m'offrant son cadeau d'anniversaire. Je le déballai précautionneusement mais, à la vue de la nuisette transparente, du soutien sexy, du string rouge et des jarretelles assorties qui composaient le présent, je fus prise d'un accès de colère aussi insensé qu'incontrôlable.

— Mais pour qui me prends-tu, éructai-je, hors de moi. Mais Jean-Louis, tu es un grand malade, Comment as-tu pu imaginer un seul instant que j'allais porter cet accoutrement. Je ne suis pas une pute.

Ébranlé, il repartit penaud vers la maison mais, après trois pas, il s'arrêta net, fit demi-tour, s'approcha de moi, me fusilla d'un regard haineux et, avant que j'aie eu le temps d'esquisser le moindre geste, il me balança son poing dans la figure.

Depuis ce funeste anniversaire, nous avons appris à vivre ensemble tout en nous détestant.

S'il n'y avait ces jours, deux ou trois fois par an, où, pour je ne sais quelles raisons obscures, il rentre comme fou à la maison et m'utilise comme punching-ball pour évacuer ses frustrations, la vie serait presque supportable.

Jean-Louis apprécie que je sois restée une mère adorable pour mes enfants, une épouse exemplaire aux yeux de nos amis. Je suis satisfaite qu'il ait consenti à me garder et qu'il sache rester discret quant à ses nombreuses maîtresses.

Mais je suis à bout et, depuis vendredi, la sentence sans appel de Pauline, à qui je m'étais confiée, me martèle sans cesse la tête.

— Cet abruti, m'a-t-elle déclaré, il faudrait le buter.

4. Pauline

Arlette m'a scotchée.
Hier, elle m'avait tout d'abord téléphoné dans la soirée pour me demander si cela me dérangerait si une de ses amies devait l'accompagner chez moi aujourd'hui.
J'avais trouvé cela déplacé mais, bien qu'un peu vexée – on n'aime pas nécessairement que d'autres vous fassent concurrence en matière de réconfort –, j'avais, vu sa situation de couple plus que délicate, accepté sa demande.
Ma tête lorsqu'elle est arrivée avec Sabine ! Même dans mes rêves les plus insensés, je ne m'étais pas imaginé que notre trio puisse être reconstitué un jour. « Sacrée soirée » aurait pu nous sortir Jean-Pierre Foucault. Pur moment de bonheur.
Malheureusement, comme il faisait très doux cet après-midi, j'avais déjà installé tasses et couverts sur la table de jardin. Je n'ai donc pu reculer et j'ai dû me résoudre, pour déguster nos pâtisseries, à installer mes amies à l'ombre du chêne, devant le parterre fleuri... à proximité immédiate de la sépulture du mec de Sabine, imaginée par Marc !
Une semaine déjà qu'il est sous terre. Brrr. Rien qu'à y penser, j'en ai froid dans le dos.
Cela m'a fortement contrariée – qu'on le veuille ou non, je l'ai quand même plus ou moins buté, l'ordure – mais la joie de nos retrouvailles a fini par l'emporter et j'ai zappé.
Nous avons beaucoup ri. Merveilleuse parenthèse enchantée. Selon moi, nous n'avons pas trop changé. Physiquement, malgré l'approche de la quarantaine, nous sommes toujours présentables. Quelques petites rides de plus par-ci, quelques kilos en trop par-là, mais rien de bien tragique. Je crois pouvoir affirmer que, chacune dans notre genre, nous restons

attirantes pour la gent masculine. Il y en a pour tous les goûts. Mentalement, c'est une autre paire de manches mais nous avons globalement maintenu le cap. Une vie laisse forcément des traces. Espoirs déçus, désillusions. Qui d'entre nous n'a pas eu à affronter une mer démontée ?

Dieu, comme il fut bon, pour toutes les trois, d'oublier tracas et soucis, l'espace de quelques heures, et de pouvoir s'imaginer rajeunies d'une vingtaine d'années.

Tout se passait merveilleusement bien lorsque les chats ont émergé de leur sieste prolongée du dessous des sapins et ont pointé, la queue dressée, dans notre direction, à la recherche de caresses.

Sabine a blêmi.

— Arlette, dis-moi que je rêve, regarde, ce sont bien les petits de Duchesse. Mais comment ont-ils pu arriver ici ? a-t-elle dit.

— Il me semble que ce sont eux, ne put que répondre Arlette, tout aussi interloquée.

Dans certaines circonstances, l'esprit de repartie est un atout considérable pour vous extirper de situations délicates. Habituellement, je suis douée dans ce domaine – de nombreux gars un peu trop entreprenants à mon goût pourraient en témoigner – mais là, je dois l'avouer, totalement prise au dépourvu, je fus nulle, archi nulle. Le cerveau ankylosé, je n'ai pas trouvé immédiatement l'entourloupe qui me permettrait d'esquiver et j'ai simplement… tout avoué.

5. Marc

Lorsque je suis rentré du boulot, je fus surpris !

Elles étaient là, toutes les trois debout, côte à côte, devant le coin de jardin que j'avais remué la fameuse nuit. Sabine avait les mains jointes comme si elle priait. J'en ai déduit qu'elles devaient se recueillir.

Lentement, je me suis approché.

Pauline, la première, m'a aperçu. Elle s'est retournée, a souri et m'a lancé d'une voix blanche :

— Elles savent tout Marc, elles savent tout. Mais ne crains rien, tout ceci restera entre nous.

Déconcerté, je n'ai su que lui répondre.

Sabine m'a regardé à son tour et m'a déclaré :

— Il l'a bien cherché, Marc. Il l'a bien cherché. Tant pis pour lui. Et puis, dis-moi, au nom de quelle morale devrions-nous maintenant éventer cette histoire et risquer d'être ainsi à nouveau séparées alors que nous nous sommes à peine retrouvées ? N'est-ce pas plutôt le moment de se serrer les coudes et de rester unies ? Notre amitié n'est-elle pas au-dessus de cette malencontreuse disparition ?

Éberlué, j'ai hoché la tête en signe d'acquiescement. J'avais l'impression étrange de rêver.

Arlette sortit alors de la léthargie dans laquelle elle semblait plongée et enchaîna :

— Merci, Marc. Merci. Pauline a beaucoup de chance de t'avoir auprès d'elle. Je suis d'ailleurs certaine que si un jour, pour je ne sais quelle raison, j'avais besoin de tes services, je pourrais compter sur toi. N'est-ce pas, Marc, que je pourrais compter sur toi ?

— Bien sûr, Arlette, lui ai-je répondu, abasourdi.

Et je me suis soudain senti très, très fatigué.

Une chape de plomb m'est tombée sur les épaules.

Je me suis vaguement excusé et je suis parti m'étendre sur le sofa du salon.

Épuisé, j'ai fermé les yeux.

Décidément, les femmes resteront toujours un mystère insondable pour moi, me suis-je dit.

Et là, j'ai soudainement réalisé et une angoisse profonde m'a saisi.

J'ai pris peur, très peur et je me suis mis à trembler car... croyez-vous vraiment qu'une femme puisse taire longtemps un lourd secret ?

Une collègue envahissante

À mon arrivée, la cantine était bondée. Après avoir payé, mon encombrant plateau sur les bras, je me suis mis à la recherche d'une place libre dans la salle.

Je l'ai aperçue, le regard plongé dans l'assiette, perdue dans ses pensées. Personne n'était assis face à elle. Je me suis approché.

— Tu permets, lui ai-je demandé, que je m'installe face à toi ?

Surprise, elle a relevé la tête et m'a regardé, ennuyée. Puis, son visage s'est éclairé et elle m'a répondu d'un air enjoué :

— Bien sûr, Didier. Je t'en prie, installe-toi.

Bon Dieu, mais comment cette femme connaît-elle mon prénom ? me suis-je dit.

Peu importe, je me suis assis.

Je n'aurais pas dû.

****

Il y a cinq ans que je travaille dans ce ministère.

Le contrôle des finances, vu par le monde extérieur, ce n'est forcément pas bien perçu. Mais après tout, c'est un boulot comme un autre. Et faut bien bosser.

Le bâtiment de cinq étages est une vraie ruche. Cela grouille de monde toute la journée.

Je suis occupé au quatrième, au service des ressources humaines. Je suis responsable des tableaux de service du personnel. Je n'ai pas à me plaindre. Je suis relativement bien payé et les horaires réguliers de huit à dix-sept me conviennent.

J'ai quarante balais. J'habite un loft à quinze kilomètres d'ici avec Carole, mon épouse, Soline, notre fille de quatorze ans, et Omer... notre affreux matou.

Carole et moi, on s'est mariés il y a près de quinze ans. Elle était enceinte. On était heureux. On ne l'a jamais regretté. On est toujours aussi bien ensemble.

Tous les midis, j'ai l'habitude de descendre au rez-de-chaussée de l'établissement pour y prendre un repas chaud au resto. D'habitude, je m'y rends avec mes deux potes mais, ce jour-là, une réunion m'avait retardé.

Faut décidément pas grand-chose pour que votre vie bascule.

****

Après avoir bu mon potage sans péter un mot, je me suis efforcé à lui parler gentiment. En somme, je lui étais redevable d'un peu de civilité. Elle avait tout de même accepté de m'avoir comme compagnon de table.

— Tu es mariée, lui ai-je demandé ?

Elle n'attendait que cela. Elle a démarré au quart de tour. En un quart d'heure, elle m'a raconté sa vie. Si je l'avais réellement écoutée, je connaîtrais tout d'elle, ou presque.

Elle s'appelle Sylviane, a trente-trois ans, un mari du même âge et deux mioches de sept et six ans. L'aîné a commencé l'équitation en septembre de l'année dernière et le deuxième, le piano. Ils sont doués, semble-t-il. Son mari a été pro au foot mais une blessure a malencontreusement mis un terme prématuré à sa carrière. Maintenant, il est convoyeur dans une société de transport de fonds...

Trop pour moi. J'ai débranché et me suis placé en mode automatique. Alors qu'elle continuait à me débiter sa litanie en ronronnant, je me suis mis à rêvasser tout en lui souriant bêtement.

— Et toi, m'a-t-elle dit.

Ne sachant pas vraiment quoi lui répondre, j'ai balbutié quelques phrases, sorti quelques banalités.

L'horloge m'a sauvé.

Il était près de quatorze heures, plus que temps de reprendre nos activités.

— Cela m'a fait plaisir de pouvoir bavarder avec toi, m'a-t-elle lancé.

— Moi aussi. Nous devrions poursuivre cette conversation une prochaine fois, lui ai-je répondu hypocritement.

Elle a gloussé.

On a pris l'ascenseur. Comme d'habitude à cette heure, il était bondé. On s'est retrouvés serrés l'un contre l'autre.

J'ai détesté.

Arrivés au deuxième, son étage, je lui ai machinalement fait la bise avant qu'elle ne sorte.

J'ai bien cru qu'elle allait s'évanouir.

Je l'ai oubliée.

Elle ne m'a pas oublié.

****

En cinq ans, je ne crois pas que j'avais croisé Sylviane au ministère plus de dix fois mais, après notre repas commun, je n'ai plus vu qu'elle.

Elle le faisait exprès, c'est sûr.

À la cafétéria, dans les couloirs, dans l'ascenseur, dans mon propre bureau même, je ne pouvais plus faire un pas sans tomber sur elle.

Je tentais de rester poli, courtois, faisais mine de ne rien avoir remarqué à ses combines, essayais de me tenir à distance mais les regards langoureux qu'elle me lançait à chacune de nos rencontres avaient une fâcheuse tendance, moi d'un naturel pourtant calme, à me taper sérieusement sur les nerfs.

Et alors que mes collègues commençaient à jaser et que son manège durait depuis deux mois, je me suis senti obligé d'intervenir.

Son petit jeu avait assez duré.

— Sylviane, faut qu'on se voie en tête à tête, lui ai-je dit un après-midi alors qu'elle squattait près de la photocopieuse de notre étage.

— Quand tu veux, m'a-t-elle répondu du tac au tac.

— Demain, après le boulot, à la brasserie du coin, si cela te convient, lui ai-je proposé.

— Pour toi, je serai toujours disponible, m'a-t-elle répliqué, tout en m'envoyant un clignement d'yeux racoleur digne, tout au plus, d'une prostituée de bas étage.

J'en fus estomaqué.

****

Boudinée dans une courte robe de taffetas à la couleur indéfinissable, elle m'attendait au bar.

En l'apercevant ainsi accoutrée, j'eus réellement pitié d'elle.

Elle avait, à n'en pas douter, sorti l'artillerie lourde pour tenter de me charmer.

Comment lui faire comprendre maintenant, sans la blesser, qu'elle se méprend sur mes intentions, me dis-je. Que, jamais, je n'ai imaginé, même l'espace d'une seconde, la séduire.

Ce n'est pas qu'elle soit, malgré ses kilos superflus, désagréable à regarder mais cela ne clique pas, c'est tout.

De toute manière, même si je devais éprouver une quelconque attirance pour elle, cela en resterait là. J'aime ma femme. Point barre.

On ne remet pas toute une vie en question pour une quelconque attirance.

D'un pas décidé, je me suis approché du bar. Elle s'est retournée, m'a vu, s'est avancée et, avant que j'aie pu esquisser le moindre geste, a posé ses lèvres charnues sur les miennes.

— J'ai affreusement envie de toi, m'a-t-elle déclaré.

— Arrête, tu me dégoûtes, lui ai-je lancé méchamment en la repoussant vers le comptoir.

Elle m'a regardé, stupéfaite.

J'ai voulu éviter l'esclandre. J'ai opté pour la fuite.

Je suis sorti précipitamment.

Sur le trottoir, je l'ai entendue hurler mon prénom dans l'établissement.

****

La nuit qui a suivi, vers deux heures du matin, la sonnerie du téléphone nous a surpris en plein sommeil.

Les appels nocturnes n'augurent rien de bon.

Carole s'est levée précipitamment.

— Allô, a-t-elle dit, d'une voix angoissée, en décrochant.

— ...

— Allô, il y a quelqu'un ? a-t-elle poursuivi.

— ...

— Si c'est une blague, elle n'est pas marrante, a-t-elle ensuite hurlé après avoir patienté, muette à son tour, une bonne vingtaine de secondes.

Et elle a raccroché.

— Personne, m'a-t-elle dit.

Perplexe, je n'ai pas répondu.

Perdus chacun dans nos pensées, nous avons tenté de nous rendormir.

Le lendemain, nous n'en avons pas reparlé mais les trois nuits qui ont suivi, et toujours à la même heure, la sonnerie du téléphone nous a, chaque fois, réveillés.

La deuxième nuit, j'ai décroché mais les deux suivantes, nous sommes restés couchés, attendant patiemment que cesse le vacarme dans la chambre.

Le soir suivant, j'ai débranché la prise.

— Si c'est vraiment urgent, la famille et les amis proches peuvent toujours nous contacter sur notre portable, ai-je dit à Carole.

— Tu n'as vraiment pas d'idée de qui ça peut être ? m'a-t-elle répondu.

— Pas la moindre, lui ai-je répliqué.

Carole m'a regardé d'un air soupçonneux.

Je m'en suis voulu de ce mensonge.

Cela m'a rendu furieux.

****

Dès mon arrivée au ministère, j'ai foncé au deuxième à sa recherche.

Seule dans son bureau, profondément absorbée dans un dossier, elle était assise sagement.

Comme elle ne s'était pas aperçue de mon irruption, j'en ai profité pour la surprendre :

— Sylviane, encore un appel, un seul, et je te jure que tu le regretteras amèrement, lui ai-je lancé.

Elle a levé les yeux et, nullement désarçonnée par mon ton virulent, m'a répondu, comme si elle n'avait rien saisi de mes paroles :

— Moi aussi, Didier, je t'aime. Ah ! si tu savais comme j'ai été heureuse l'autre jour lorsque, enfin, tu t'es jeté à l'eau. T'avoir à mes côtés pendant la pause de midi m'a bouleversée. J'attendais ce moment depuis si longtemps. Hélas, je le sais, j'ai commis une erreur ensuite à la brasserie. J'ai bien compris ton emportement. Nous devons vivre cachés le temps que nous ayons pris nos dispositions. Alors, pardonne-moi pour ce baiser un peu trop précoce, mon amour. Dorénavant, je serai prudente et patiente.

— Mais de quoi donc es-tu occupée à me parler ? lui ai-je dit.

Elle s'est contentée, pour toute réponse, d'un sourire enjôleur.

— Sylviane, réveille-toi et regarde-moi dans les yeux, là, bien en face, ai-je repris. Et écoute une bonne fois pour toutes ce que j'ai à te dire. Je ne t'aime pas. JE NE T'AIME PAS. Et comment voudrais-tu que j'éprouve une quelconque attirance pour toi puisque je ne te connais même pas. Mais bon Dieu, Sylviane, tu es mariée, tu as des mômes, penses-y, quand même.

— Un grand amour exige de grands sacrifices, Didier, m'a-t-elle répondu laconiquement. Je suis prête.

À cet instant précis, l'arrivée de l'une de ses collègues a interrompu notre discussion.

Dépité, j'ai battu en retraite.

Une dingue, je suis tombé sur une dingue, me suis-je dit en remontant au quatrième.

Deux jours plus tard, Omer a disparu. Je n'ai pu m'empêcher de la soupçonner.

****

J'ai beaucoup réfléchi.

Comment rendre raison à une femme tombée raide dingue de vous d'un simple regard, me suis-je demandé.

J'imagine l'avoir croisée un jour, l'avoir saluée, peut-être lui avoir souri, et... bang, elle a craqué.

Que s'est-il passé en elle à cet instant précis pour qu'elle s'attache ainsi à moi, sans même que nous nous soyons adressé la parole ?

Je ne suis pas particulièrement séduisant, je n'ai rien d'un apollon et, pourtant, c'est sûr, elle a flashé. Flashé sur une image, flashé sur une apparence.

Aurait-elle imaginé en m'apercevant avoir enfin trouvé l'être dont elle avait toujours rêvé ?

Une chose est certaine, au fil des jours, des semaines, des mois qui ont suivi, cette certitude d'avoir rencontré l'âme sœur a dû mûrir lentement en elle.

Jusqu'à en devenir obsession.

Cela en serait peut-être resté au stade de l'utopie si je ne m'étais, ce midi-là, assis face à elle, si je ne lui avais adressé la parole.

Mais nous nous sommes parlé et, d'un coup, ce qu'elle croyait inaccessible est devenu palpable. D'un coup, ses peurs se sont envolées, d'un coup il lui devenait envisageable d'accomplir son rêve.

Dès cet instant, plus rien d'autre dans sa vie n'eut d'importance réelle pour elle. Elle devint prête à tout pour réaliser ce qui était à présent son seul but, son unique objectif : vivre le parfait amour avec moi.

Par la suite, mes paroles violentes ne l'ont pas ébranlée, ma déclaration virulente d'absence de sentiments à son égard ne l'a pas atteinte.

Elle entend ce qu'elle peut interpréter à son avantage mais refuse d'entendre ce qu'elle ne pourrait qu'interpréter à mal.

Je dois m'en libérer, me suis-je dit.

Il me faut réussir à briser par des actes l'image sublime qu'elle a de moi, ai-je pensé.

Je dois la revoir.

Je dois m'en débarrasser...

À tout prix, ai-je conclu.

****

Le vendredi matin, au bureau, je lui ai envoyé un premier courriel à 10 h 18 :

Sylviane,

Pardonne-moi mes paroles brutales.

Je veux te retrouver au plus tôt.

Ce soir, après le boulot ?

À 10 h 22, elle a répondu :

Mon Didier,

Je comprends tes emportements, notre amour est si subit pour toi.

Pourquoi pas cet après-midi ? Nous pourrions prendre une annexe.

Je meurs de toi.

« Elle divague », ai-je pensé.

À 10 h 30, j'ai lancé ma réponse :

D'accord.
14 heures. À l'hôtel ?

À 10 h 34, elle a répliqué :
Pourquoi pas chez moi ?
Personne cet après-midi.
Nous serions au calme.
18, Avenue du Pommier.
☺☺☺☺☺☺☺☺☺☺

J'ai hésité.
Puis, à 10 h 40, j'ai envoyé :
OK
Je t'embrasse.

Elle n'a plus réagi.
« Parfait. Sa désillusion sera à la mesure de ses attentes », me suis-je dit, satisfait.

*****

À treize heures, j'ai quitté le bureau et j'ai rejoint ma voiture garée au sous-sol. J'ai introduit l'adresse dans le GPS et quelques secondes plus tard, l'itinéraire et l'heure prévue d'arrivée à destination s'affichaient. Il me faudrait quarante-cinq minutes pour effectuer un trajet de douze kilomètres dans une ville à la circulation sclérosée à toute heure.
Affligeant ! ai-je pensé tout en soupirant.
Par chance, j'ai pu me garer à proximité immédiate de son domicile. Zone bleue : deux heures maximum de parking. Cela devrait largement suffire, me suis-je dit.

J'ai observé la maison, un petit pavillon typique de banlieue entouré d'un jardinet avec pelouse, une habitation occupée pendant des années par une famille sans histoires. Jusqu'à ce jour, pas si lointain, où, tel un tsunami, le regard, pourtant indifférent, d'un parfait inconnu, croisé sur son lieu de travail, a submergé la maîtresse de maison.

Bizarreries de l'existence.

J'ai attendu patiemment quatorze heures.

J'ai imaginé le déroulement de notre rencontre.

Je serai ferme. Je veux qu'elle se réveille, qu'elle quitte le monde de chimères dans lequel elle s'est projetée et enfermée, me suis-je répété.

À l'heure pile, je me suis lancé.

La porte s'est ouverte avant même que j'aie eu à sonner. Elle devait m'épier.

Elle m'a regardé, resplendissante. Elle avait l'air heureux.

— Je t'en prie. Entre, m'a-t-elle dit, enjouée.

— Merci, lui ai-je simplement répondu d'un ton neutre avant de pénétrer dans la demeure.

Je me suis assis sur le divan de cuir situé dans le salon.

— Que veux-tu boire ? m'a-t-elle demandé.

— Un verre d'eau plate sera parfait, ai-je répliqué.

— Détends-toi, je ne vais pas te manger, m'a-t-elle répondu.

Sa remarque m'a désarçonné. L'espace d'un instant, je me suis revu enfant, tétanisé face à la crémière chez laquelle j'avais été prié par ma mère d'aller acheter du beurre. Pour tenter de m'aider à me sortir de mon désarroi, cette jeune femme avait utilisé les mêmes mots.

J'ai senti que de minuscules gouttes de sueur glacée commençaient à me perler le front.

J'ai rougi.

Il fallait que je me ressaisisse, que je m'en tienne à mon plan initial.
Elle ne m'en a pas laissé le temps.
Elle s'est engouffrée dans la brèche.
Elle s'est approchée et s'est assise à mes côtés.
Elle m'a regardé droit dans les yeux.
Je n'ai pu supporter son regard.
Elle a approché son visage du mien, posé ses lèvres sur les miennes et m'a embrassé.
Je n'ai pas eu la volonté de la repousser.
Et au moment où j'ai senti l'excitation gagner tout mon être et ma verge se gonfler, j'ai compris que la partie était définitivement perdue pour moi.
Le pouvoir de séduction d'une femme est décidément infini, me suis-je dit.
Dès lors, mon sexe a pris les commandes...

****

Durant l'heure qui a suivi, nous avons atteint les sommets de l'extase.
Cette femme, au corps rebondi mais ferme, a décuplé mes ardeurs.
Son tempérament de feu a avivé mon désir.
Ensemble, nous avons visité des régions inconnues jusqu'alors.
Nous avons gémi, crié, hurlé, joui... à n'en plus finir.
Le temps d'une parenthèse, nous avons connu l'amour insatiable, l'amour violent, l'amour fou.
Et, enfin, nous fûmes rassasiés !
Les sens apaisés, je récupérais maintenant auprès d'elle.

Nous étions allongés, lascifs et nus, dans le lit familial. Comment y avions-nous abouti ? Je n'aurais pu le dire.

La tension sexuelle évacuée, je commençais à présent à réaliser la portée désastreuse de l'acte que je venais d'accomplir. Elle m'avait attiré dans ses filets et je m'étais laissé piéger comme un niais.

Croyait-elle que j'allais, pour autant, tout abandonner pour elle ?

Soudain, le bruit d'une porte qu'on ouvre au rez-de-chaussée m'a éloigné de cette pensée.

J'ai voulu me relever mais, un sourire énigmatique au coin des lèvres, Sylviane m'en a empêché et, plutôt que de réagir, s'est blottie dans mes bras.

Très vite, quelqu'un est alors entré dans la chambre.

Paniqué, j'ai tenté, une nouvelle fois, de me redresser mais Sylviane s'est accrochée tant et plus à moi pour m'immobiliser.

Au prix d'un effort inouï, j'ai cependant réussi à la repousser quelque peu et ai pu relever la tête.

J'ai ainsi vu l'homme qui s'approchait.

Il ne pouvait s'agir, à n'en pas douter, que de son mari !

Il fallait que je lui explique, que je lui fasse comprendre que tout ceci n'était qu'une mascarade, un énorme malentendu.

Mais avant que j'aie eu le temps de dire quoi que ce soit, son poing énorme m'écrasait le visage.

****

À la clinique, on a diagnostiqué une triple fracture de la mâchoire avec déplacement d'une orbite.

J'ai été opéré immédiatement.

J'ai aussi perdu trois dents dans l'aventure.

Je n'ai pas déposé plainte.

À sa place, j'aurais agi exactement de la même manière. Et qui sait, peut-être même, l'aurais-je tué ? ai-je pensé.

Finalement, physiquement, compte tenu des circonstances, je m'en tirais bien.

J'ai ramassé une contravention pour dépassement de la durée de stationnement autorisée.

Allez donc tenter de leur expliquer ce qui s'était passé.

Carole ne m'a pas pardonné.

— Ce n'est pas tellement ton coup de queue qui m'ennuie, on sait toutes que les hommes ont une bite dans le cerveau, m'a-t-elle dit crûment alors que j'étais allongé, souffrant, sur mon lit d'hôpital ; non, ce que je ne supporte pas, c'est ton manque de sincérité. Il aurait été si simple de me parler de cette femme dès le premier coup de fil nocturne mais, non, tu n'as pas été franc. Tu t'es enfermé dans le mensonge. Et ça, alors que notre relation a toujours été basée sur une confiance réciproque. Je regrette mais cela, Didier, je ne pourrai jamais te le pardonner. Le ressort est cassé. C'est fini Didier. Fini, tu m'entends, a-t-elle presque hurlé.

Je n'ai pas tenté de me défendre ni de la retenir car, là aussi, à sa place, j'aurais agi de la même façon.

Dans cette foutue histoire, j'ai vraiment merdé.

Soline, qui assistait à la conversation, a haussé les épaules et suivi sa mère.

— Tu es vraiment trop con, papa, elle a dit en claquant la porte.

Après leur départ, j'ai craqué.

J'ai pleuré comme je n'avais jamais pleuré auparavant.

***

Je n'ai plus jamais revu Sylviane. Elle est allée s'installer avec son mari et ses mioches à l'autre bout du pays. Qui sait, un jour, peut-être, y rencontrera-t-elle mon clone et retombera-t-elle alors dans son délire. Je ne peux pas lui en vouloir. Elle a vraiment cru à notre aventure.

Comme si de rien n'était, Omer est rentré à la maison trois jours après mon retour de l'hôpital.

Je suis affreusement seul.

Fumer nuit à la santé

Jeudi matin, juste avant la récré, Monsieur Pierre, mon instit, s'est approché sournoisement du banc sur lequel je rêvassais dans le fond de la classe.

Perdu dans mes pensées, je n'ai pas pris garde et je fus donc surpris lorsque, d'une voix forte, il m'a sommé de lui expliquer la raison pour laquelle je n'avais pas eu le temps de faire mes devoirs la veille.

En bafouillant, je lui ai répondu – allez savoir pourquoi – que maman avait dû être emmenée d'urgence en clinique afin d'y mettre au monde ma petite sœur !

Comme un condamné, j'ai alors baissé la tête et j'attendais, abattu, la sentence suprême lorsque, à ma grande surprise, le prof m'a demandé gentiment de raconter devant toute la classe comment cela s'était déroulé. Par je ne sais quel miracle, il m'avait cru. J'ai donc remercié le petit Jésus.

En un instant, je suis passé aux yeux de tous du stade de bon à rien à celui de héros envié.

Voyant tous ces regards braqués sur moi, j'ai été pris d'un gros malaise et j'ai bien cru que j'allais m'évanouir mais, tel un acteur qui entre en scène, mon trac s'est volatilisé et, sans trop réfléchir, je me suis lancé dans une bien belle histoire.

— Je venais de rentrer et je m'apprêtais à commencer mes exercices de math, leur ai-je dit, quand maman a commencé à attraper très mal au ventre. À un moment, elle m'a dit qu'elle avait perdu les eaux et elle m'a prié d'appeler tout de suite l'ambulance. Je n'ai rien compris à son histoire d'eau mais je n'ai pas paniqué et j'ai appelé le 112. Les secouristes sont arrivés très vite et nous sommes partis à la clinique à toute vitesse, toutes sirènes dehors. On a grillé plein de feux rouges mais je n'ai même pas eu peur.

Pendant tout le trajet, j'ai tenu la main de maman car, comme le dit papa, une femme a toujours besoin d'un homme pour la soutenir dans les moments difficiles. Je crois que cela l'apaisait.

Lorsque nous sommes arrivés à la clinique, maman a été installée sur un brancard et a été transportée en salle d'accouchement. Moi, une jolie infirmière, toute de blanc vêtue, m'a emmené à la salle d'attente. Après plus de deux heures, comme l'accouchement s'éternisait, elle m'a apporté un coca et deux sandwiches. Même qu'elle m'a souri ! Puis, à dix heures, elle est venue me chercher et j'ai pu enfin voir maman. Ma petite sœur était née. Elle est belle. Elle s'appelle Sarah.

Le docteur était auprès de maman. Lorsqu'il a appris que j'avais appelé les secours, il m'a félicité. Il m'a dit que j'étais un vrai petit homme. Il a regardé maman et il lui a dit qu'elle avait beaucoup de chance d'avoir un fils de sept ans et demi aussi dégourdi que moi. Tout en serrant ma petite sœur, maman a rougi et les larmes lui sont venues aux yeux.

Je suis ensuite rentré seul à la maison avec le dernier bus. Il était près de minuit. J'ai plus eu le courage d'ouvrir mes cahiers !

Je me suis tu, j'ai relevé les yeux et j'ai vu tous mes copains et copines scotchés devant moi. Béats d'admiration, qu'ils étaient.

Ensuite, Monsieur Pierre a pris la parole et m'a complimenté.

J'étais fier comme un paon.

Plus tard, c'est sûr, je veux devenir acteur, ai-je alors pensé.

****

Les jours qui ont suivi, j'ai bien profité de ma nouvelle notoriété. À la récré, tous les garçons voulaient jouer avec moi.

J'ai reçu plein de billes en cadeau. Et les filles rêvaient toutes de m'avoir comme petit copain, même celles qui, deux jours auparavant, me trouvaient bête et moche. C'est gai d'être apprécié.

Plus tard, c'est sûr, je veux être célèbre, ai-je alors songé.

Depuis, malheureusement, cela s'est gâté.

Samedi après-midi, alors que j'étais dans ma chambre, occupé de jouer bien tranquillement avec ma PlayStation, j'ai entendu sonner. Maman à la maison, je ne me suis pas inquiété. J'ai continué ma partie. Mais, après deux minutes, elle m'a appelé. Elle avait sa voix des mauvais jours. Faut y aller sans tarder, me suis-je dit. J'ai lâché ma partie, suis sorti de la chambre, me suis dirigé d'un pas léger vers les escaliers et je m'apprêtais à descendre les marches quatre à quatre quand je les ai vus.

L'horreur ! J'ai été collé sur place, pétrifié. J'ai senti mon sang se glacer dans mes veines et des crampes terribles m'ont retourné le ventre. Pire que si j'avais vu le diable !

Lui, mon instituteur, sur le seuil de la porte, l'air penaud, un petit paquet joliment emballé à la main.

Elle, pleine comme un œuf, hésitant manifestement sur l'attitude à adopter face à cet homme venu lui offrir, un peu précocement, un cadeau de naissance : éclater de rire ou, au contraire, s'offusquer ouvertement avec lui du mensonge éhonté de son fils chéri.

Aïe, j'aurais peut-être pas dû anticiper la venue de petite sœur, me suis-je dit.

Courage, fuyons. J'ai fait demi-tour et je me suis enfermé dans les toilettes.

Plus tard, c'est sûr, je veux plus mentir...

****

Le lundi, à l'école, j'étais grillé.

J'ai rendu les billes aux garçons et les filles se sont éloignées une à une de moi en me lançant des regards de vipère.

Même pas triste.

Curieusement, Monsieur Pierre, lui, ne m'a pas puni. Au départ, j'ai trouvé ça vraiment bizarre mais, très vite, j'ai compris...

Oui, c'était évident : le zozo était tombé amoureux de maman et de son regard de braise !

Et voilà donc pourquoi, il m'avait fallu, lors de sa visite, rester enfermé toute une éternité, assis sur la lunette du WC.

Une femme enceinte, ma mère en plus. Non mais, il faut pas rigoler monsieur !

Même pas marrant.

Zut, si ça tombe, je vais me retrouver avec mon instit comme beau-père !

****

Papa nous a quittés, maman et moi, au printemps dernier. Un soir, alors que comme tous les soirs ils venaient de se disputer, il a pris sa veste et nous a dit qu'il allait chercher des clopes. J'étais occupé à regarder un dessin animé à la télé et je n'ai pas levé la tête. J'aurais dû, car il n'est jamais revenu.

Il y a six mois qu'il s'est barré et maman ne sait toujours pas exactement où il est. Elle croit qu'il est avec sa pouffiasse. Elle le répète sans cesse. Quel drôle de mot.

Maman pleure tous les soirs, systématiquement. La journée, elle gère, comme elle dit à mamie. Le matin, on se lève à sept heures, on se prépare, on déjeune, on sort et on prend le bus – ouais, il est même parti avec la bagnole –. Je descends à l'arrêt devant l'école et maman au suivant. Elle travaille dans un hôtel. Elle est femme de ménage. Il n'y a pas de sot métier, elle dit toujours. Elle a raison... je crois. Le soir, même parcours, dans l'autre sens. On rentre vers six heures. On mange à huit. Et là, ça se gâte. Je sais pas pourquoi mais c'est toujours après le dîner qu'elle commence. Elle se met à râler sur tout, mais surtout sur lui. Elle s'énerve, elle crie, et puis elle éclate en sanglots. Au début, elle me faisait peur. Maintenant, je me suis habitué. C'est comme quand papa était là, sauf que maintenant il est plus là. Elle continue comme avant, mais seule. « Reviens connard », dit-elle tout le temps. Si c'est un connard, pourquoi elle veut qu'il revienne ? Parfois, elle me fatigue un peu. Je me demande si elle n'a pas épuisé papa.

Une question me chiffonne : savait-il pour le bébé ? Maman n'en parle jamais.

Maintenant, depuis la visite de Monsieur Pierre, maman va beaucoup mieux. Même que, parfois, elle sourit. Je crois qu'ils se sont revus en cachette. J'espère qu'il ne lui a pas mis la langue, le cochon. Elle m'a raconté l'autre soir qu'elle est heureuse d'avoir trouvé une oreille attentive à laquelle elle peut se confier en toute quiétude. Je me demande si mes oreilles sont attentives ou pas. Faut peut-être faire des études pour avoir les oreilles attentives.

Maman m'a dit qu'elle voudrait vraiment que petite sœur ait un papa à la naissance. On a toujours un papa, non ? Même s'il est parti.

Moi, je l'aimais bien papa. Je peux pas le dire à maman. Cela l'énerve. On s'amusait bien tous les deux. Il m'avait inscrit au foot. Un enfant doit pratiquer un sport, il avait dit à maman. Elle aurait préféré la gym, mais, finalement, elle a laissé tomber.

Papa voulait que je devienne le nouveau Zidane. Il y croyait vraiment. Mais un jour, après un match perdu douze-zéro, l'entraîneur m'a dit que j'étais un bon petit gars mais que j'avais les pieds carrés. Les pieds carrés ? Moi, j'avais pris ça comme un compliment et je l'avais raconté fièrement à papa dans la voiture avant de repartir à la maison. Mais quand il est devenu tout rouge, j'ai compris que quelque chose clochait. Il est ressorti aussi vite de l'auto, s'est dirigé vers la porte de la cantine, est entré, s'est approché de l'entraîneur occupé de siroter une bière sur un tabouret au comptoir et, sans hésiter, il lui a mis un coup de boule.

— De la part du père du gosse aux pieds carrés, il lui a dit avant de sortir.

Dans la voiture, papa m'a demandé de ne pas prendre exemple sur lui, de tenter de rester calme en toutes circonstances.

— Sois zen, mon fils, il m'a dit, cela t'évitera beaucoup d'ennuis.

J'avais pas tout de suite compris le sens de ses paroles mais lorsque les flics ont débarqué à la maison deux heures plus tard et qu'il a failli se retrouver en taule, j'ai saisi.

Depuis, je joue plus au foot. Un sport de tarés, il a dit papa.

Une chose est sûre, plus tard, je vais jamais fumer. Je veux pas devoir partir chercher des clopes.

****

Finalement, l'histoire ne s'est pas déroulée comme je l'avais imaginé.

Maman était au boulot lorsque tout s'est déclenché.

Elle l'a prévenu, moi pas.

Je le déteste.

Après la récré, à trois heures, Monsieur Pierre nous a avertis qu'il venait de recevoir un appel urgent et qu'il allait devoir s'en aller. Monsieur Jean, le pion, allait nous prendre en charge jusqu'à la fin de la classe.

Comment aurais-je pu imaginer qu'il nous quittait pour la rejoindre ?

Tout en enfilant sa veste, il m'a alors appelé et m'a dit qu'après les cours, je ne devais pas prendre le bus pour retourner à la maison car ma grand-mère viendrait me chercher. Comment il connaît mamie ? me suis-je demandé. Rien de plus.

Mais quand j'ai rejoint celle-ci et qu'elle m'a annoncé que maman était à l'hôpital pour y mettre au monde ma petite sœur, là, mon franc est tombé. J'ai piqué une crise terrible. Je me suis mis à hurler comme un dingue dans sa voiture. La pauvre, elle n'y comprenait rien.

Inouï : il avait suffi que Monsieur Pierre la regarde deux fois dans les yeux pour que moi, son fils adoré, disparaisse de ses priorités. Pour que je n'existe plus à ses yeux. Ah, j'aurais voulu mourir sur-le-champ !

Heureusement, les crêpes de mamie m'ont consolé.

Le soir, vers huit heures, la sonnerie du téléphone nous a surpris en plein repas.

À l'air incrédule de mamie qui, après avoir décroché, écoutait silencieusement et qui ne répondait presque rien, j'ai vite vu que quelque chose ne tournait pas rond. Papy m'a regardé et m'a pris la main. Il était anxieux, lui aussi.

Mamie a enfin raccroché. Elle s'est rassise, perdue dans ses pensées.

— Tu vas te décider ? lui a dit papy d'un ton agressif pour la ramener vers nous.

Elle s'est alors ressaisie et lui a répondu :

— Monsieur Pierre vient de m'annoncer que l'accouchement s'est bien déroulé mais que l'enfant n'est pas tel qu'on le pensait.

Là, pépé m'a serré si fort la main que j'ai bien pensé qu'il allait me l'écrabouiller.

Moi, immédiatement, j'ai imaginé, allez savoir pourquoi, que ma sœur était venue au monde avec un petit corps normal mais avec une tête de vache qui rit. Oui, celle de la pub avec deux boîtes de fromage comme boucles d'oreilles. Je me suis vu aussitôt la promener avec maman dans un landau dans le parc municipal.

La honte !

Mais, devant nos mines déconfites, mamie a soudain éclaté de rire et elle nous a dit, tout en ne pouvant s'empêcher de s'esclaffer, que ma petite sœur avait, en fait, un petit robinet.

Là, j'ai pas saisi tout de suite. Je l'ai imaginée serrant un petit robinet chromé dans la main en naissant.

— Comment c'est possible ? ai-je demandé à pépé.

Il a souri gentiment et m'a dit :

— Tu te rends compte, Simon, tu auras un petit frère avec qui faire les quatre cents coups plus tard.

Le coup des coups, trop fort pour moi mais, par contre, j'ai bien compris que Sarah était en fait un garçon.

— Cool, lui ai-je répondu, mais faudra quand même lui trouver un autre prénom.

****

Ils l'ont appelé Arthur. Je déteste Arthur.

La nuit, il hurle tout le temps et m'empêche de dormir et la journée, soit il suce les nénés de maman, soit il ronfle.

Moi, sous prétexte que je suis grand, je dois me débrouiller seul. Maman n'a plus le temps de s'occuper de moi. De plus, Monsieur Pierre habite avec nous maintenant. Maman voudrait que je l'appelle Pichou. Maman est folle.
Y'a plus de six mois que cela dure.
C'est pas marrant un petit frère.
C'est chiant un petit frère.

Depuis que maman vit avec Pichou, elle a changé. C'est comme si l'éducation nationale lui était tombée sur la tête.
Avant, elle était marrante. Maintenant, elle est sinistre.
Avant, si papa racontait une blague, elle se tordait. Maintenant, elle rit plus. D'ailleurs, Pichou raconte jamais de blagues.
Il leur arrive même de regarder des débats politiques ensemble à la télé. Papa, lui, il détestait. Il préférait les films comiques.
— Là, au moins, ils le font exprès, il nous disait.
Je voudrais que papa revienne.

Hier, il m'a puni !
— Au coin, les mains sur la tête pendant une heure, il m'a dit.
Comme à l'école !
Et maman qui n'a pas réagi.

C'était pour rire, rien d'autre.
On était occupés de dîner quand j'ai senti que j'allais devoir lâcher un pet énorme.
Alors, j'ai pensé à mémé, la maman de mamie. Quand on y allait, avec papa et maman, c'était chaque fois le même cérémonial. On s'installait d'abord face à elle dans le divan

pendant qu'elle restait assise dans son grand fauteuil de cuir placé près de la fenêtre et on discutait de tout et de rien. Après un petit temps, elle nous proposait des rafraîchissements. Et c'est à ce moment-là que cela se passait. Elle se levait doucement, marchait à petit pas vers la cuisine et, soudain, ça sortait de son arrière-train : prout, prout, prout, prout, prout... Elle nous en lâchait une fameuse salve. Il suffisait alors que l'on se regarde tous les trois pour éclater de rire. Nullement décontenancée, mémé se demandait alors tout haut, la tête en l'air, comme si nous n'étions pas là, ce qu'elle avait bien pu manger et précisait toujours, sans doute pour nous rassurer, que de toute manière cela ne sentait pas. Là, nous nous tordions.

J'aime bien mémé. Elle est vieille mais elle est toujours gentille avec moi et me raconte plein d'histoires de l'ancien temps. Et lorsqu'on la quitte, elle me donne toujours un beau dimanche.

Pour faire rire Pichou et maman, j'ai donc voulu l'imiter.

J'ai soulevé la fesse droite, poussé le plus fort possible et... crac ! Une pétarade extraordinaire.

Mais avant d'avoir eu le temps de leur sortir : « Bon Dieu, qu'ai-je bien pu manger ? », je me suis retrouvé accusé de tous les péchés du monde et collé au mur.

N'empêche, je les ai bien empestés.

****

Je suis de trop.
Je vais me tirer.
J'ai un plan.
Je vais attendre un soir qu'ils soient endormis, je vais sortir par la fenêtre – facile, on habite un plain-pied –, je vais me

diriger vers la gare et je vais prendre le dernier train, celui de minuit trente-quatre, pour Marseille. Avant de quitter la maison, je vais acheter un billet sur internet avec la carte de crédit de maman. Facile, je connais son code. Je vais emporter une toute petite valise et toutes mes économies, trois cent douze euros. Arrivé sur place, je vais devenir mousse sur un navire énorme et faire le tour du monde.

Même si on n'a pas tout à fait l'âge, c'est pas difficile de se faire engager sur un bateau à Marseille. Y'en a plein, de tous les pays. Et de toute manière, grâce au soleil, les gens du Sud, ils sont plus coulants. C'est papa qui me l'a dit. Quand j'étais petit, pour m'endormir, papa m'a souvent raconté des tas d'histoires vraies de garçons qui embarquaient sur des paquebots.

Et qui sait, peut-être retrouverai-je aussi papa sur le quai à Marseille…

****

Zut ! Il y a un vrai problème.

J'ai parlé de mes projets à Cécile, ma seule vraie copine. Elle a déjà neuf ans, presque dix, habite à côté de chez moi et, malgré la différence d'âge, je l'aime très fort. Plus tard, on voudrait d'ailleurs dormir ensemble.

— T'es fou, Simon, elle m'a dit, partir à l'étranger ! Mais tu ne te rends pas compte du danger. Le monde dans lequel nous vivons ne se prête plus à ce genre d'aventures.

Sur le coup, j'ai rigolé car elle parlait comme une grande. J'ai cru qu'elle plaisantait et qu'elle essayait d'imiter ma mère.

En fait, pas du tout.

— Regarde sur YouTube ce qui risque de t'arriver, elle m'a dit. Il y a des tas de dingues qui, actuellement, kidnappent les gens comme toi et moi. Ils leur mettent un tee-shirt et un pantalon orange, et puis, soit ils leur coupent la tête, soit ils les mettent dans une cage et les brûlent vifs. Et ensuite, ils s'amusent à diffuser les images de leurs méfaits dans le monde entier.

— Mais je n'ai rien fait de mal, moi, je lui ai répondu.

— Et eux, tu crois qu'ils avaient fait quelque chose de mal, Simon ? elle m'a dit. Non, les malheureux étaient seulement à la mauvaise place au mauvais moment. Tu veux être à la mauvaise place au mauvais moment, Simon ? Si c'est oui, alors tu peux partir.

J'ai rien répondu. Je me suis soudain vu les mains liées, vêtu d'une combinaison orange.

J'ai tourné les talons, foncé à la maison, hurlé comme un forcené « maman » en entrant, et je me suis précipité en pleurs vers elle.

— Mais mon bébé, qu'est-ce qui se passe, elle a demandé.

Je me suis blotti dans ses bras sans répondre. Elle a séché mes larmes. Je me suis apaisé.

J'aime maman.

J'ai pas supporté le choc : je me suis éveillé le lendemain des boutons partout sur le corps.

****

C'est marrant, Pichou a emporté à l'école le mot d'excuse que lui a écrit maman pour expliquer mon absence. Pff ! Il n'a même pas ri quand maman l'a prié en souriant de ne pas oublier de remettre le document en mains propres à mon instituteur. Ouais, faut avouer que ce n'est pas facile non plus pour lui de porter deux casquettes.

Mais, moi, que dois-je dire, alors ? Enfin, plus que trois semaines, l'année scolaire touche à sa fin. C'est insupportable de vivre avec son prof. Comme à la maison, il n'arrête pas une minute de vous casser les pieds avec les devoirs et les leçons, une fois à l'école, il n'a plus rien à vous reprocher, et, du coup, les autres s'imaginent que vous êtes devenu le chouchou de la classe et vous détestent. Infernal, je vous dis.

Ce soir, si cela ne s'est pas arrangé, Pichou m'emmènera chez le toubib.

J'ai peur de revoir ce docteur.

La dernière fois que papa m'a emmené en consultation chez lui, je me souviens que j'avais une fameuse bronchite. J'arrivais à peine à respirer.

Dans son cabinet, le docteur, un jeune diplômé, m'avait d'abord demandé de me déshabiller, il avait ensuite placé son stéthoscope sur ma poitrine et m'avait alors demandé d'inspirer et d'expirer très lentement, et très profondément.

J'avais voulu être à la hauteur, et bien que me sentant très mal, j'avais fait de mon mieux. Mais, à la troisième expiration, le chocolat chaud que m'avait servi maman juste avant de partir, m'était ressorti de l'estomac. D'un seul jet. Vlan. Et hop, baptême du docteur. Le malheureux avait tout pris sur la tête.

Ah, sur le coup, il était furax mais papa a aussitôt pris ma défense et il lui a dit qu'un docteur expérimenté aurait évité, lui, de demander à un enfant aux bronches encombrées de mucosités – j'avais jamais entendu ce mot auparavant – de respirer de cette manière. Il ajouta qu'à son avis, s'il poursuivait dans cette façon d'ausculter, il pouvait s'attendre à revivre ce genre de mésaventure.

Impressionné par l'assurance de papa, le docteur s'était vaguement excusé et nous n'avions pas dû payer la consultation.

Papa, je voudrais que ce soit toi qui m'emmènes voir le doc ce soir.

****

Depuis que j'ai entendu Pichou demander à maman pourquoi elle l'avait affublé d'un sobriquet aussi ridicule – « affublé d'un sobriquet » j'ai pas bien compris mais, au ton de sa voix, j'ai saisi qu'il n'aime pas –, je n'arrête plus de lui lancer des Pichou par-ci ou des Pichou par-là.

Cela l'exaspère.

Tant mieux.

Et si cela pouvait contribuer à le rapprocher de la sortie, j'en serais ravi.

Oscar aussi, d'ailleurs.

Notre belle grosse boule de poils n'y comprend plus rien.

Avant, à la maison, il était roi. Il pouvait se prélasser, tel un pacha, à longueur de journée, où bon lui semblait. La nuit, il dormait même dans le lit avec maman et papa. Nous étions tous à sa disposition, vingt-quatre heures sur vingt-quatre.

— Ah ! si Dieu est un chat, sûr que nous aurons une belle place au paradis, disait souvent papa après lui avoir satisfait un énième caprice.

Par ses ronronnements, par ses regards, par ses miaulements, Oscar nous faisait comprendre qu'il appréciait nos attentions.

Nous respections son statut de chat. Il respectait notre statut d'humain.

Depuis l'arrivée de qui vous savez, plus question pour lui de poser une patte dans la maison. Le pauvre doit se contenter du garage. Oscar a l'air vraiment malheureux. Il n'y comprend rien. J'ai plaidé sa cause des centaines de fois auprès de maman, j'ai tout essayé pour qu'elle cède. Rien à faire, elle est têtue comme une mule. Hier encore, je suis repassé à l'attaque mais elle m'a brusquement interrompu et m'a répliqué d'un ton glacial :

— Et oui, Simon, changement de régime, changement d'habitudes.

Pourquoi elle m'a parlé de régime ? Oscar n'est pas trop gros. Elle m'énerve parfois avec ses réponses à la con. Avec papa, au moins, on parlait la même langue.

Elle m'a rendu furieux. Elle m'a donné la force de m'en prendre à Pichou.

— Pourquoi tu détestes les chats ? je lui ai demandé.

— Tu vois, mon petit Simon, m'a-t-il répondu, ce n'est pas que je déteste les chats, bien au contraire, mais, en fait, je suis affreusement allergique à leurs poils.

J'ai hoché la tête, enregistré ses paroles et me suis éclipsé.

Il aurait pas dû me dire ça, le faux cul.

Maintenant, c'est sûr, le Pichou, il va se coucher tous les soirs avec une touffe de poils sous l'oreiller !

Bonne idée, hein papa ?

Sacré papa, avec lui cela ne se limitait pas aux chats. Un jour, alors que je venais d'écraser une araignée, il m'a fait part de sa déception et il m'a demandé si une raison objective m'avait poussé à commettre ce geste immonde.

Comme je trouvais pas tout de suite de réponse à sa belle phrase, maman a volé à mon secours en lui demandant s'il ne poussait pas parfois le bouchon un peu trop loin.

— Si c'est pas terrible, elle a ajouté, Monsieur ne tuerait pas un insecte mais, si ça tombe, il zigouillerait bien sa femme.

Papa a haussé les sourcils et laissé tomber.

J'ai rien compris à cette histoire de bouchon ni à celle de zigouille mais, une chose est sûre, maintenant je ne tue plus les araignées.

Ni les mouches.

Ni les fourmis.

Ni les moustiques... sauf s'ils m'ennuient.

Maman ennuyait-elle papa ?

****

Papa, je t'en prie, dis-moi que c'est pas vrai.

Reviens papa, je t'en prie, ils verront qu'ils se sont trompés.

Papa, dis-moi que c'est pas ta voiture que les flics ont repêchée cet après-midi dans le canal qui longe la route menant à la ville.

Papa, non, c'est pas toi qu'ils ont retrouvé au volant, la ceinture de sécurité encore attachée.

Papa, pourquoi j'insistais toujours autant pour que tu la mettes, cette ceinture ?

Papa, t'es mort à cause de moi ?

Papa, alors, le coup des cigarettes, c'était pas du pipeau, t'allais vraiment en acheter.

Papa, tu nous avais donc pas abandonnés.

Oscar, dis-moi que c'est pas vrai.

Oscar, dis-moi que papa reviendra un jour.

Oscar, dis-moi que Dieu est un chat.

Profession de foi

Méfiez-vous de vos amies... surtout si elles ont juré votre bonheur.

Prenez Cécile.

Elle a cru bon, sous prétexte que je suis célibataire depuis trop longtemps à son goût – non mais, de quoi je me mêle – de m'offrir une soirée speed dating à l'occasion de mon trente-cinquième anniversaire.

— T'es bien gentille Cécile, lui ai-je dit lorsqu'elle m'a refilé l'invitation, mais faudrait peut-être m'expliquer de quoi il s'agit.

Elle a tout d'abord imaginé que je plaisantais mais, lorsqu'elle s'est rendu compte que ma question était on ne peut plus sérieuse, elle a porté sur moi un regard incrédule. Le genre de regard, à la fois amusé et effrayé, que l'on a au moment où, après avoir rencontré un débile profond, on se rend compte que toute communication sera, d'évidence, impossible avec lui.

Un instant déstabilisée, elle s'est cependant vite reprise et m'a répliqué, d'un ton strident à vous transpercer les tympans :

— Quoi, Laurette, tu ne connais pas le speed dating ? Mais je rêve ! Mais dans quel monde vis-tu, ma chérie ?

Et, tout en gloussant, elle a poursuivi :

— Oh, là, là ! mais tu vas adorer, mon amour.

Je ne suis pas son amour, je ne suis pas sa chérie et je déteste les surprises. Mais, comme je n'allais quand même pas me fâcher le jour de mon anniversaire, je lui ai souri bêtement.

Excitée comme une puce, – comment son mec peut-il la supporter, il doit avoir envie de l'étouffer trois fois par jour – elle m'a alors expliqué l'expérience unique que j'allais vivre, le samedi suivant, à dix-neuf heures, dans un café du centre de Lille.

— Voilà, ma chérie, tu te fais belle et tu te rends au lieu de rendez-vous à l'heure prévue. Sois sans crainte, les organisateurs t'y accueilleront de manière très sympathique. Ils t'installeront à l'une des sept tables de deux personnes réservées dans la salle pour les rencontres. Six autres femmes – tes compagnes de jeu – seront placées aux autres tables. Le principe est simple : sept mecs se succéderont à tour de rôle devant vous et vous pourrez discuter avec chacun d'eux pendant sept minutes, pas une de plus. Au coup de gong, on change de partenaire. Les hommes se déplacent.

— De quoi tu me parles, là, Cécile ? C'est quoi ce truc de débiles ? Je n'y comprends rien, lui ai-je dit en l'interrompant brusquement. Je n'ai pas envie de rencontrer qui que ce soit, moi.

— Tu verras, c'est marrant, a-t-elle repris sans tenir compte de ma remarque. Et puis, ne t'inquiète pas, il y a une sélection rigoureuse qui est réalisée en amont par les organisateurs. Pas de loubards. Tu te retrouves avec des gens du même milieu social et de la même tranche d'âge que toi. D'ailleurs, en ce qui te concerne, j'ai pu choisir. C'était soit les vingt-cinq à trente-cinq ; soit les trente-cinq à quarante-cinq. Je t'ai pris les plus vieux. Tu n'es quand même pas trop portée sur les jeunots, hein, Laurette ? m'a-t-elle demandé.

Trop sonnée pour lui répondre, je n'ai pu que soulever les sourcils et hocher la tête de droite à gauche en signe d'incrédulité.

Elle a pris cela pour un acquiescement et, satisfaite, a poursuivi sa présentation :

— Lorsque tu auras rencontré tes sept prétendants, tu remets ta fiche aux organisateurs après y avoir coché les cases figurant en regard des prénoms de ceux que tu souhaiterais éventuellement revoir. Oh ! mais pardonne-moi, ma chérie, j'avais omis de te préciser que lorsque tu arrives, l'on te remet une fiche sur laquelle figurent les prénoms des messieurs que tu vas rencontrer. Donc, tu coches les cases et le lendemain, avec un peu de chance, tu reçois à la maison un mail avec les coordonnées des personnes qui ont également souhaité approfondir leur relation avec toi.
— Cécile, tu es bien gentille mais qu'est-ce que je vais bien pouvoir leur dire à ces bonshommes ? lui ai-je dit.
— Tout ce que tu souhaites, mon amour, m'a-t-elle répondu, hormis les questions à connotation trop sexuelle, je crois.
— Et il faut payer pour ça ? n'ai-je pu m'empêcher de lui demander.
— Trente-six euros, une consommation à l'arrivée incluse, m'a-t-elle répondu.
— ...
— Oh, mais je n'aurais pas dû te le dire puisque c'est un cadeau, a-t-elle poursuivi en éclatant de rire.
Elle faisait peine à voir.
— Oh, là, là, je suis impatiente de savoir ce que tu en penseras ! Ah, tu verras comme c'est marrant et agréable de pouvoir discuter de tout et de rien avec des inconnus, ma chérie, a-t-elle conclu.

***

Marrant et agréable, tu parles !

Il n'y a pas de doute, elle s'est bien foutue de ma tronche, la Cécile.

Je suis à ma table. Les quatre premiers olibrius viennent de défiler devant moi. C'est la pause rafraîchissements – oui, parler, cela donne forcément soif, et maintenant, évidemment, c'est payant... – et j'ai plus envie de me jeter sous un train que de revoir un jour l'un de ces enfoirés.

Toutes les femmes sont sapées comme des reines de beauté. Enfin, comme des reines, surtout les reines du mauvais goût, selon moi. Pour un peu, on pourrait se croire au concours de miss grosse saucisse. Je dois l'avouer, je dénote dans le groupe avec mon jean délavé et mon pull à col roulé. Avant de quitter la maison, j'ai bien essayé de me mettre un peu de rimmel, mais j'ai vite abandonné. J'en avais plus sur les mains et les joues que sur les cils. Je suis donc venue nature mais, avec mes cheveux châtains raides tirés vers l'arrière, je fais fameusement pâlotte à côté de mes compagnes d'un soir. Et c'est sûr qu'avec mon bonnet A, j'ai l'air rachitique entourée de femelles pourvues exclusivement d'airbags de catégorie D, voire E.

Et ces mecs ! Un ramassis de crétins. Le panel parfait du mâle branleur. Mon Dieu, quelle misère.

Le premier que j'ai rencontré, un grand chauve bedonnant engoncé dans un costume trois pièces et portant une cravate mauve, s'appelle Alain. Il a quarante-trois ans et recherche l'âme sœur.

Désolée, je ne serai pas ta dulcinée, Alain.

Le deuxième, Rémi, quarante-quatre ans, sapé à la jeune, a les cheveux teints en jaune canari et plaqués sur le crâne avec un gel gluant. Lui, sans aucun doute, c'est le petit coup de trique qui l'intéresse.

Beurk, très peu pour moi, Rémi.

Antoine, le troisième, est sportif. Il est vraiment pas mal physiquement et tient encore très bien la route malgré ses quarante-cinq ans. Si j'avais été attirée par les tablettes de chocolat, j'aurais pu éventuellement me laisser tenter, mais comme je ne mange que du noir de noir... et qu'il est plutôt du genre teuton !

Adieu, Antoine.

Claude, le quatrième prétendant, quarante ans, est un intello pur et dur qui souhaite, selon ses dires, agrandir son cercle d'amies. Il m'a tout de suite fait penser à Woody Allen : mêmes lunettes, même démarche, même débit de paroles.

Je trouve sa présence ici vraiment louche. Ne serait-il pas un peu pervers ?

Tu me fiches le mal au crâne, Claude. Désolée de t'avoir croisé.

Conclusion à la pause : aucune case cochée de mon côté. Du leur, je ne sais pas, mais certainement pas en regard de mon prénom. Il y a trop de concurrence, et comme, de toute manière, je n'ai pas appuyé à fond sur la pédale séduction, faudrait qu'ils soient complètement givrés pour souhaiter me revoir.

Ouf ! Plus que trois ! Mon calvaire touche à sa fin.

Bon, ils vont se décider à reprendre, ou quoi ? Je ne sais pas s'il fait particulièrement chaud dans ce café mais, pour ma part, je transpire comme un bœuf. Si cela continue, avec l'odeur insupportable que je dois commencer à dégager, les trois derniers ne réussiront même pas à rester assis sept minutes face à moi. Ou en se pinçant le nez, peut-être. Mais là, ils ne pourront plus m'adresser la parole. Ce serait pas plus mal, finalement. Mais attention, s'il y en a un qui ose me demander la marque de mon parfum préféré, je le gifle !

Purée, j'imagine l'esclandre.

Pff, je me sens minable.

Cécile, dès que je sors d'ici, je m'en vais t'étriper.

Et zut ! ce n'est quand même pas tes oignons si je mène une vie de célibataire endurcie. Et pourquoi, après tout, devrais-je, à tout prix, malgré mon âge canonique, la perdre, ma virginité ? J'ai peut-être de bonnes raisons de ne pas avoir franchi le pas, non ?

J'aurais jamais dû te parler de ça, jamais ! C'était mon secret !

Enfin le gong. On va reprendre.

Numéro cinq s'installe face à moi.

Voyons voir.

Je rêve ? Ce n'est pas vrai. Pas lui ! Pas Fabien !

Je ferme un instant les yeux, les rouvre.

Pas de doute, c'est bien lui.

Le temps a passé mais il est encore aussi mince, un peu plus voûté peut-être. Ses cheveux sont à présent poivre et sel et il porte une barbe de trois jours à la Gainsbourg. Son visage est toujours aussi émacié et ses yeux bleu azur à la Patrick Dempsey n'ont pas changé.

Inouï, j'ai vraiment failli ne pas le reconnaître avec son pantalon peau de pêche sorti tout droit d'une garde-robe des années soixante-dix, sa chemise à fleurs de la même époque et ses mocassins en cuir vintage, couleur marine. C'est sûr, ça le change de son polo et son pantalon blanc.

— Bonjour Marie-Pierre.

— Euh ! Bonjour, Fabien, mais tu sais, je me prénomme Laurette.

— Si tu veux, Marie-Pierre.

Je suis pétrifiée.

De son regard perçant, il m'examine, me sonde, me scrute.

Je ne sais que dire, que faire. Tout cela est si loin à présent.

Je suis désemparée, me sens mise à nu. Autant intérieurement qu'extérieurement. Tant bien que mal, j'essaie de soutenir son regard. Le sang me bat les tempes. Je dois être rouge comme une pivoine. Je vais défaillir, m'évanouir.

Le gong retentit. Sept minutes, enfin !

Un sourire triste au coin des lèvres, il se lève prestement, me regarde d'un air désemparé et me dit :

— Au revoir, Marie-Pierre.

— Au revoir, Fabien, m'entends-je lui répondre d'une voix sourde.

Et alors qu'il s'installe à la table voisine sans m'accorder un dernier regard, je ramasse le stylo à bille et la fiche posés devant moi et, toujours interdite, je coche d'une croix, d'une main tremblante, la case en regard de son numéro.

Quoi qu'il m'en coûte, je dois savoir.

Pauvres Jacques et Ghislain, numéros six et sept, qui lui succèdent. Les idées s'entrechoquent dans ma tête, les souvenirs remontent à la surface. Je ne les remarque pas.

M'ont-ils seulement interrogée ? Leur ai-je seulement répondu ?

Lorsque le gong final, signifiant la fin des entrevues, retentit, je me lève précipitamment et part dans le café à la recherche de celui qui a tant compté pour moi dans une autre vie mais que je croyais ne jamais revoir.

Il faut que les choses soient bien claires entre nous, qu'il ne s'imagine pas l'impossible.

Où est-il ?

Mais il a déjà disparu.

Infiniment perturbée, je quitte alors les lieux telle une somnambule.

Comme la température est particulièrement douce en ce soir de début juin, et bien qu'il soit près de vingt-trois heures, les terrasses du centre-ville sont encore bondées. Tout en parcourant le petit kilomètre qui me sépare du parking souterrain dans lequel j'ai garé ma voiture, j'observe en passant les gens attablés occupés à discuter en couples ou en groupes autour d'un bon verre. Ils sont pour la plupart souriants, ont l'air heureux. Je les envie. Je suis hors de cette animation, tourmentée par cette seule et unique question qui me taraude l'esprit : comment m'a-t-il retrouvée et pourquoi est-il venu ?

Faut-il donc toujours que le passé ressurgisse ? Ne peut-on jamais tout effacer et tout reprendre à zéro ?

***

De retour dans mon appartement vers minuit, je me sers un verre de rouge et m'affale, épuisée, dans le fauteuil de cuir placé devant la baie vitrée donnant sur le parc. Je loge au quatrième d'un immeuble de six étages. La vue y est superbe. En cette belle nuit de fin de printemps, admirer le ciel lumineux, parsemé d'étoiles scintillantes, m'apaise.

Mes paupières s'affaissent et je sombre dans un demi-sommeil dans lequel il devient difficile de discerner rêves et pensées. Je flotte un temps incertain dans cette sphère irréelle lorsque, soudain, je sors de ma torpeur car l'évidence vient de me sauter aux yeux : Cécile m'a forcément menti ! Cette rencontre avec Fabien ne peut être fortuite. Cette inscription en mon nom à cette foutue soirée de speed dating a été préméditée. Il fallait nécessairement que j'y participe pour lui permettre de m'y retrouver.

Je souffre à nouveau. Toutes les plaies profondes enfouies au fond de mon être sont rouvertes.

Je veux en avoir le cœur net. Je n'y tiens plus et, malgré l'heure tardive, je me saisis de mon téléphone portable et j'appelle Cécile.

À la cinquième sonnerie, alors que je m'attends à tomber sur sa boîte vocale, j'entends que l'on décroche. Une voix masculine endormie répond :
— Allô.

Zut, je suis tombée sur son mec. Il faut pourtant que je me lance :
— Ouais, euh, bonsoir Éric. Laurette à l'appareil. Euh, tu ne voudrais pas me passer Cécile ?

À sa réponse, je sens que quelque chose cloche :
— Laurette. Mais vous êtes dingues ou quoi. Vous avez vu l'heure, mes belles ? Il est près de deux heures. Mais vous êtes tarées, ma parole. Je me lève à six heures, moi. Vos blagues de potaches, très peu pour moi.

Je n'y comprends rien. La situation m'échappe. Je reprends, énervée :
— Écoute Éric. Je ne suis pas conne. Tu penses bien que si je me permets de vous contacter à cette heure, ce n'est pas pour une babiole. C'est même une question de vie et de mort. Alors, ne fais pas toutes ces histoires, je t'en prie, passe-moi Cécile, mon grand.

— Et ben là, faudra patienter, ma cocotte, me répond-il d'une voix soudainement devenue blanche de colère.

Irritée, je m'apprête à lui demander pourquoi il se permet de m'appeler cocotte mais il ajoute aussitôt en aboyant :
— Car ta charmante copine, elle m'a dit qu'elle sortait avec toi hier soir, et si elle n'est pas rentrée, et si elle ne dort pas chez toi, où est-elle alors cette traînée ?
— ...

— Tu la salueras pour moi demain matin au boulot. Et profites-en pour lui dire qu'elle passe récupérer ses fringues au plus tôt, avant que je ne me décide à les balancer par la fenêtre.

Et sans que je puisse lui répondre quoi que ce soit, il raccroche.

**

J'ai bien tenté, après l'épisode « Éric », de dormir un peu. Mais en vain. Sans que je le veuille, les scénarios les plus fous se sont succédé jusqu'au petit matin dans ma tête. Et évidemment, alors qu'épuisée je m'assoupissais enfin, la radio du réveil s'est mise en branle. Je me dépêche.

Arrivée au boulot, j'ai un mal de crâne horrible. Cela va être jojo avec les clients au magasin. Cécile et moi, nous sommes caissières – pardon, hôtesses de caisse – à l'hypermarché de la ville. Aujourd'hui, nous prenons notre service à neuf heures. Il est huit heures trente et je l'attends de pied ferme dans le local de détente réservé au personnel. Faudra qu'elle m'explique, celle-là, me dis-je.

Elle arrive, la mine épanouie – le sexe et ses effets bénéfiques ? – et, dès qu'elle m'aperçoit, me lance :

— Oh ! mais dis-moi, ma Laurette, t'as de petits yeux, toi. Puis-je en déduire, ma chérie, que tu as déjà conclu avec l'un de ces messieurs avant même d'avoir reçu officiellement ses coordonnées ? Petite tricheuse, va !

Je fulmine et attaque aussitôt :

— Arrête ton cinéma, je suis furieuse, lui dis-je. Tu m'as fameusement entubée, ma belle. Alors maintenant, raconte-moi tout. Donne-moi la raison réelle pour laquelle tu m'as inscrite à cette soirée pourrie. Tu m'as trahie, Cécile, et ça, malgré nos liens étroits, j'aurai beaucoup de mal à te le pardonner. Allez, je t'écoute. Tu as deux minutes.

— Oh, zut ! les retrouvailles se sont mal passées, me répond-elle. Ah, si j'avais su ! Merde, j'ai gaffé. Mais il avait été tellement convaincant.

— Qui a été tellement convaincant, Cécile ?

— Ben, Fabien, ton vieil ami. Je l'ai rencontré pour la première fois il y a à peu près un mois. Il m'attendait sur le parking réservé au personnel. Il m'a abordée gentiment, m'a raconté qu'il t'avait aperçue par hasard en faisant ses courses, qu'il t'avait reconnue, toi son meilleur souvenir d'enfance avec qui il avait passé tant de vacances magnifiques sur l'île de Ré, qu'il souhaitait te revoir mais pas dans des circonstances aussi banales, qu'il avait imaginé quelque chose d'un peu plus romantique que quelques mots échangés entre le scannage d'articles. Et comme il nous avait vues nous parler et qu'on avait l'air de bien s'entendre, il avait pensé à moi pour l'aider dans sa démarche. J'ai trouvé ça mignon ! Je ne pouvais quand même pas refuser de l'aider. Je ne vois pas où est le mal.

— Tu ne vois pas où est le mal, tu ne vois pas où est le mal ! Mais, ma pauvre Cécile, écoute-moi bien. Je n'ai jamais posé les pieds sur l'île de Ré. Tu m'entends, jamais ! Alors, dis-moi maintenant, ce type que tu as placé sur ma route, qui crois-tu qu'il est en réalité ? Et d'où sort-il, d'après toi ?

— Oh là, là ! Mais ne t'emballe pas, ma chérie. Si c'est un bonimenteur, tu l'oublies. C'est tout. Ce n'est probablement rien d'autre qu'un pauvre type qui t'avait trouvée mignonne à la caisse et qui ne savait pas comment t'aborder.

Allez, dépêche-toi, on va devoir prendre nos caisses.

— ...

— Bon, vu ton humeur agressive, je crois qu'il est inutile de te demander si tu as coché la moindre case sur ta fiche. Madame est frustrée. Elle n'a pas trouvé chaussure à son pied.

— Je n'ai peut-être pas trouvé chaussure à mon pied, lui réponds-je mais, toi, tes pieds, faudra sûrement songer à les rechausser. Car ton Éric, ton mec, ton apollon n'a pas beaucoup apprécié que tu découches hier soir... Surtout lorsqu'il a appris que tu n'avais pas passé la nuit chez moi, comme tu lui avais pourtant annoncé !

***

Dès la fin de mon service, à treize heures, je me suis éclipsée au plus vite et suis rentrée à l'appartement, fourbue.

J'ai d'abord pris une douche, grignoté ensuite quelques biscottes, et me suis alors allongée pour quelques minutes... croyais-je.

Je viens de m'éveiller. Il est près de dix-sept heures.

Fébrile, j'allume l'ordinateur et ouvre ma boîte mail. Deux nouveaux messages datant d'il y a deux heures s'y trouvent. Je les ouvre.

Le premier, annonce publicitaire, me vante les bienfaits d'une cure thermale.

Le deuxième, celui que j'espérais, émane des organisateurs de la soirée. Ils m'y signalent qu'une personne avec laquelle je souhaitais éventuellement approfondir ma relation, a émis le même désir que moi. Je survole le blabla qui s'ensuit et passe directement en fin de page. J'y découvre le numéro de téléphone et l'adresse e-mail de Fabien !

J'attrape un coup de chaleur.

Trop tôt pour la ménopause, cela doit être l'émotion.

Pas une minute plus tard, le chiffre 1 s'affiche entre parenthèses en regard de l'intitulé « Nouveaux messages » de ma boîte de réception et l'icône représentant une enveloppe fermée se met à clignoter.

Intriguée, je pointe ma souris sur l'enveloppe et je clique. Instantanément, je me vois alors apparaître en photo sur l'écran.

Médusée, je referme brusquement mon portable.

Il faut que j'avale un cachet et que je retrouve mes esprits.

***

La photo doit avoir été prise il y a six ou sept ans. On m'y voit assise sur le rebord d'un fauteuil de skaï ocre, le genre de fauteuil pour malades placé habituellement près des lits dans les hôpitaux. Je suis penchée vers l'avant, les coudes placés sur les cuisses et le menton posé sur les mains. Je suis vêtue d'un training bleu et je fixe l'objectif d'un air absent. Je donne l'impression d'être seule au monde et de ne pas avoir remarqué la présence d'un tiers dans la pièce. Mes cheveux sont coupés très court, presque ras. Je ressemble curieusement à Sinéad O'Connor. Mon regard est aussi mélancolique et désespéré que peut être le sien sur certains clichés.

Me découvrir ainsi prostrée sur l'écran me crève le cœur. Je suis renvoyée vers un passé atroce, pas si lointain, que j'espérais ne plus avoir à affronter.

Les larmes me montent aux yeux, perlent au bord de mes paupières, roulent sur mon visage.

Pleurer atténue la douleur et, après quelques minutes passées à sangloter, je trouve la force nécessaire pour prendre connaissance du message accompagnant l'image de cette femme perdue que je fus.

Je croise les mains que je tiens fermement serrées et je me mets à lire.

***

Marie-Pierre, mon amie, petit ange,

Pardonne-moi tout d'abord le stratagème idiot utilisé pour entrer en contact avec toi mais lorsque je t'ai aperçue le mois dernier dans cet hypermarché, toi que je désespérais de revoir un jour, j'ai eu tellement peur que tu me rejettes – car oui, le temps a passé – que je n'ai pas osé t'aborder.
Je suis alors revenu plusieurs jours de suite au magasin. J'ai passé des heures à t'observer derrière ta caisse, à t'épier.
J'ai beaucoup hésité mais lorsque, après avoir rencontré ta copine, j'ai appris que tu vis toujours seule, je me suis décidé et cette idée saugrenue de rendez-vous m'est venue à l'esprit.
Hier, lors de notre entrevue, j'espérais secrètement que notre connivence passée renaîtrait d'emblée. Que lorsque tu m'apercevrais, le sourire ravageur que je t'avais connu à l'époque illuminerait à nouveau ton visage.
Idiotement, je croyais que tu me prendrais tendrement la main, que tu me dirais simplement « Enfin, te revoilà » et que nous pourrions dès lors, délivrés des entraves passées, ébaucher enfin cette relation forte qui nous est promise depuis toutes ces années.
Mais j'ai remarqué tout de suite la panique t'envahir lorsque tu m'as aperçu ! Tu t'es raidie, l'angoisse t'a étreint et tu t'es bloquée.
Tu ne m'as rien dit. Rien... sinon que tu te prénommes Laurette.

Pourquoi, me suis-je demandé ?

Ah ! Marie-Pierre, si tu savais comme tu m'as déçu à cet instant.

J'en ai été tellement ébranlé qu'à mon tour, plus aucun son n'est sorti de ma bouche. J'ai tenté de me contenir, de donner le change en te souriant mais si tu savais comme tout cela bouillait en moi, si tu savais comme je tremblais intérieurement. J'ai failli hurler, exploser, tout casser mais, par bonheur, je me suis maîtrisé.

J'en suis maintenant récompensé. Car oui, malgré ce silence écrasant qui a pesé durant ces longues minutes entre nous, tu m'as finalement désigné sur ta fiche.

J'en fus d'abord surpris mais j'ai réfléchi et j'ai maintenant compris ta réaction. Ta peur ne me concernait pas mais se rapportait à ce passé haï qui, par ma personne, renaissait devant toi.

Comment avais-je pu douter de toi ? Ah ! comme je suis soulagé.

Petit ange, tu ne m'as pas oublié !

J'attends ton mail avec impatience.

Fais-moi signe, vite, je t'en prie.

Nous avons tant à rattraper.

Ton Fabien.

PS : Cette photo a été prise trois semaines avant que tu ne quittes l'institut voici sept ans, trois mois et six jours, très précisément. Elle m'accompagne partout. « Tu » m'accompagnes partout.

Pour ma part, je suis sorti depuis six mois et deux jours. Je t'en reparlerai. Que de temps passé pour te retrouver.

Mais maintenant, tout va bien.

***

Abattue, je décroche mon portable et compose machinalement le numéro de la seule personne dans cette foutue ville, dans ce foutu pays, dans ce foutu monde, sur laquelle je puisse compter.

La seule personne avec laquelle mes relations dépassent les simples contacts professionnels, de voisinage ou de courtoisie.

La seule personne susceptible de m'aider, de m'épauler.

J'appelle Cécile.

— Allô.

— Cécile, c'est Laurette. Je ne te dérange pas ?

— Laurette ! Que se passe-t-il, ma chérie ?

Au son désespéré de ma voix, Cécile a saisi mon désarroi. Dans moins d'une heure, j'en suis certaine, elle sera là. Elle me prendra alors dans ses bras et me serrera très fort et mes angoisses se dissiperont peu à peu.

Très vite, au fil de nos rencontres – merci, mon Dieu de l'avoir placée sur ma route à la sortie de ces chemins tortueux –, Cécile est passée du stade de vague copine à celui de véritable amie sur laquelle on peut compter, en toutes circonstances.

Nos caractères sont pourtant si différents, notre vision des choses tellement opposée !

Mais si nous nous énervons parfois mutuellement, s'il nous arrive de nous affronter, nous nous retrouvons toujours. En cas d'orage, tel un ange gardien, elle est simplement là, à mes côtés, prête à m'aider. Cécile possède cette capacité rare d'accepter l'autre tel qu'il est, sans qu'il soit nécessaire de tenter de le transformer à son image. Elle tâche toujours de comprendre sans préjugés, sans arrière-pensées.

C'est mon amie. Ma seule amie. Je l'aime vraiment.
Mais pourquoi alors, ne lui ai-je jamais parlé de ce passé tortueux qui me poursuit, me hante, me détruit ? Pourquoi cette réticence à me confier à elle ?
Mon incapacité à communiquer m'anéantit.
Ce soir, c'est décidé, je vais lui parler.
Quoi qu'il m'en coûte.

***

Cécile me tient la main.
Comme je l'avais prévu, sa présence m'a soulagée. Ma crise d'angoisse est maintenant passée.
Dehors, la nuit est tombée et un vent violent s'est levé. Dans la pénombre de l'appartement, nous sommes assises côte à côte dans le sofa à observer l'ombre des arbres s'agitant comme des fous au-delà des vitres.
Je me lève, allume au passage le lampadaire et pénètre dans la cuisine. J'en ressors, quelques secondes plus tard, une bouteille de médoc et deux verres à la main.
Je nous sers.
Nous trinquons.
Je la regarde. Elle me sourit.
Je lui montre alors la copie imprimée du message de Fabien.
Elle saisit la feuille et se met à la lire, lentement, consciencieusement.
Elle relève la tête d'un air interrogateur.
Il faut que je me décide à rompre le silence.
J'engage le dialogue d'un ton détaché :
— Dis-moi, Cécile, depuis combien d'années nous connaissons-nous ?

— À peu près sept ans, je crois. Laisse-moi réfléchir. Oui, depuis ton engagement au magasin, en fait. Pff ! sept ans. Comme le temps file entre les doigts. Imagine-toi, on fonce droit vers la quarantaine maintenant, ma chérie.

— Ouais, ce n'est pas formidable de vieillir... Mais dis-moi, pourquoi t'es-tu approchée de moi à l'époque ? Car c'est bien toi qui es venue vers moi, non ?

— Oh là, là. Quelle question ! Mais je n'en sais rien, moi. Je t'ai trouvée sympa, c'est tout.

— C'est vraiment tout ?

— Oh ! et puis, la curiosité aussi. Imagine : une nana de vingt-huit ans qui débarque de nulle part dans ce bled pourri. Une meuf qui vit seule, qui n'a aucune attache apparente et qui ne communique pratiquement pas. C'est sûr, ça intrigue... Et puis, il y a également mon côté bon samaritain, sans doute. J'étais ravie de pouvoir te prendre sous mon aile protectrice. Tu avais l'air tellement paumée. Cela me plaisait vachement de pouvoir t'aider à t'intégrer... Mais ne t'inquiète pas, bien vite, j'ai appris à te connaître, à t'apprécier et tout ça a cédé la place à quelque chose de beaucoup plus profond. J'ai été tout simplement heureuse de devenir ton amie, ma chérie. D'ailleurs, j'espère bien que c'est réciproque, hein ?

— Oh, là-dessus, il n'y a pas de doute... Mais pendant toutes ces années, tu ne t'es jamais posé de questions sur ma vie antérieure ? Tu ne sais rien de moi, en réalité.

— Arrête, Laurette, le passé c'est le passé. Je sais tout de toi, de ta vie présente. C'est ce qui compte, non ? Pourquoi aurais-je dû tenter d'ouvrir de vieux tiroirs ? J'ai toujours senti que tu ne souhaitais pas t'exprimer sur ce sujet. Ah ! ta crispation quand il m'est arrivé de te parler de ma jeunesse. Comme tu pouvais te raidir. Je sentais alors monter en toi

l'angoisse de peur que je te questionne à mon tour. Tu sais, ma chérie, je ne suis pas du genre à déterrer les cadavres.
— Mais pourquoi me parles-tu de cadavres ?
— Je ne sais pas, moi. C'est une expression, rien de plus.
— On n'en est pas loin, en réalité, tu sais, Cécile.
— Arrête, Laurette. Tu me fais marcher, là, non ? Crénom, si j'avais su la tournure qu'allaient prendre les événements, je serais jamais entrée dans son petit jeu à ce connard de mes deux. Mais que se passe-t-il ? Où sommes-nous ? C'est quoi toute cette affaire ? Dis-moi que je rêve, amour.
— Écoute Cécile, cela m'en coûte de remuer tout cela mais je crois qu'il faut vraiment que tu connaisses toute l'histoire. Seulement, je t'en prie, ne m'interromps pas. C'est assez difficile comme ça.
Et je me suis replongée dans les tourments de mon passé...

***

Avec un père notaire très strict et une mère au foyer entièrement dévouée à son mari, nous avons vécu, mon frère Philippe – mon cadet d'un an – et moi, une enfance dénuée de réels soucis mais assez terne. Nous habitions une ville de province plutôt morne et l'éducation de petits-bourgeois qui nous était inculquée par nos parents tendait à limiter notre champ de vision du monde.

Mon père, issu d'une famille très catho, avait institué à la maison des règles religieuses austères. Nous n'échappions pas à la messe chaque matin avant l'école ni aux prières avant chaque repas. Le vendredi nous respections un jeûne strict et le dimanche, jour du Seigneur, toutes nos activités étaient organisées en fonction de la grand-messe de onze heures à laquelle participaient tous les disciples de notre communauté.

Je ne l'ai compris que bien plus tard, mais nous étions, en fait, à la maison adeptes de l'église traditionaliste.

Notre vie s'écoula ainsi des années sans heurts jusqu'au jour où Philippe, qui venait de fêter son seizième anniversaire, se révolta brusquement contre les conventions familiales et refusa obstinément de continuer à suivre toutes les obligations religieuses qui nous étaient imposées.

— Rien d'autre que des aberrations, osa-t-il dire à papa.

La réplique de celui-ci fusa et leurs affrontements verbaux devinrent, dès lors, épiques et violents.

Philippe fut finalement sommé par papa de reprendre sans broncher le chemin de la foi sans quoi, lui dit-il, il l'exclurait de la famille.

Rien n'y fit.

En désespoir de cause, Philippe fut alors placé en pension mais il eut tôt fait de s'en échapper.

Plus jamais, par la suite, nous n'entendîmes parler de lui et papa nous interdit d'encore prononcer le prénom de son fils maudit en sa présence à la maison.

Le départ de mon frère chéri, avec lequel je m'entendais comme larron en foire, me perturba énormément. Je me mis, dès lors, à réfléchir à mon futur, et j'envisageai, à mon tour, de quitter le cocon familial.

À cette époque, je priais beaucoup. Je m'en remettais sans cesse à Dieu. Je le suppliais ardemment de me montrer la voie à suivre.

Étais-je alors vraiment dans mon état normal ou le départ de mon frère m'avait-il déstabilisée à ce point ?

À vrai dire, je ne le sais toujours pas aujourd'hui mais, quoi qu'il en soit, un beau matin, en m'éveillant, l'évidence m'a sauté aux yeux : Jésus m'était apparu en songe et il fallait que je lui consacre ma vie.

Je décidai donc d'entrer au couvent afin d'y devenir nonne. Une religieuse dans la famille : mes parents furent ravis. Ni une, ni deux, mon père contacta immédiatement son frère – mon oncle – prêtre responsable d'une communauté de sœurs contemplatives pour lui parler de ma vocation.

Peu après, à quelques jours de mon dix-huitième anniversaire, j'entrai au monastère.

***

D'emblée, la vie monacale m'a séduite.

Au fil des jours et des semaines qui ont suivi mon entrée au couvent, ma vocation s'est affirmée, fortifiée.

Nous étions une vingtaine de sœurs, pour la plupart bien plus âgées que moi, à vivre ensemble, au rythme des offices, selon une routine journalière immuable depuis la nuit des temps.

À vrai dire, cet environnement de réflexion, de méditation, de prière, mais de travail aussi, me convenait parfaitement. J'étais en béatitude, heureuse, constamment à la recherche du Tout-Puissant.

Après six mois de postulat, suivit un noviciat de deux ans et je venais de présenter enfin mes vœux de profession temporaire lorsque l'irréparable se produisit.

Père Jean, mon oncle, quarante-cinq ans à l'époque, nous rendait visite chaque lundi après-midi. Avant de partager notre repas du soir et de célébrer la messe de dix-huit heures, il nous entendait toutes en confession, à tour de rôle, dans une cellule spécialement aménagée à cet effet.

Comme chacune d'entre nous, je considérais ce prêtre comme le représentant de Dieu sur cette terre et jamais je ne m'étais imaginé que cet être doux, miséricordieux et accueillant qui, en outre, m'avait baptisée, puisse me considérer comme un être de chair.

Une chose me semblait malgré tout étrange. Au cours de chaque confession, il me demandait systématiquement si je n'avais pas été sujette au cours de la semaine écoulée à, comme il les nommait lui-même, des pensées impures.

Innocemment, j'imaginais cependant qu'il agissait ainsi avec chaque sœur et, longtemps, je me suis contentée de lui répondre par la négative.

Puis un jour, quelques semaines seulement avant la catastrophe, je me suis dit que je n'avais pas le droit de lui mentir et, bien qu'horriblement gênée, je lui ai confié avoir été victime de rêves humides.

— Et mon Père, ai-je aussi ajouté idiotement, malgré ma vocation et mes vœux de chasteté, il m'arrive certains soirs de ressentir une telle tension dans le bas-ventre qu'il m'est impossible de résister à la tentation et… sous peine de devenir folle, mon Père, il me faut alors me caresser longuement le sexe pour m'apaiser.

Devant le silence pesant qui a suivi, et soudainement consciente de la portée désastreuse de ma confession, j'ai ajouté pour tenter de me sauver :

— Oh ! pardonnez-moi, mon Dieu, j'ai pêché et je ne suis qu'un être impur, indigne de votre grandeur. Pardonnez-moi, pardonnez-moi.

Contrairement à mes craintes, lorsqu'il prit la parole, il ne parut nullement perturbé par mes confidences et, un sourire satisfait au coin des lèvres, il me donna l'absolution sans grande pénitence.

Mais dès lors, les confessions suivantes devinrent embarrassantes pour moi. Chaque lundi, inlassablement, Père Jean me demandait de lui décrire avec force détails mes rêves érotiques. Il me fallait lui exprimer les sensations que je ressentais lorsque je succombais à la tentation. Gémissais-je ? Criais-je ? J'avais beau tenter de lui expliquer alors, au bord des larmes, que tout cela était occasionnel, accidentel ; l'assurer que je n'étais pas une âme perdue, il insistait et prenait plaisir à m'entendre lui ressasser toujours les mêmes histoires.

Lorsque finalement, s'approchant au plus près, il prit l'habitude de poser les mains sur ma robe et à me triturer délicatement les cuisses durant nos entretiens, je pris conscience, malgré ma candeur infinie, qu'il en tirait lui-même beaucoup de plaisir. J'en fus stupéfaite et je dois avouer qu'un trouble inconnu me submergeait en ces instants et que je ne songeais alors nullement à le repousser, en retirant moi-même une satisfaction certaine.

Désemparée, je me confiai à sœur Michèle, mon amie, sur les pratiques étranges de l'ecclésiastique et sur l'effervescence singulière qu'il faisait naître en moi.

Outrée, celle-ci me conseilla d'en référer immédiatement à la mère supérieure.

Ma demande écrite de rencontre pour faits graves lui parvint le mardi dans la matinée. Elle me répondit de la même manière le jeudi après-midi. Elle m'attendait en ses bureaux le mardi suivant à dix heures.

Il allait donc me falloir le rencontrer une nouvelle fois.

***

En tant que benjamine de la communauté, et conformément aux convenances, j'entrai ce lundi-là, comme tous les autres lundis, la dernière dans la cellule pour confesser mes péchés.

Comme d'habitude, j'y succédais à sœur Marie Josèphe, mon aînée de deux ans. Et comme d'habitude, contrairement aux règles strictes de la communauté, elle se permit de faire un clin d'œil et de sourire en me croisant.

Père Jean m'accueillit chaleureusement :

— Bienvenue, Marie-Pierre, je t'en prie, prends place face à moi, me dit-il, l'air enjoué.

Je fus soulagée : l'écho de ma requête auprès de la mère supérieure ne lui était pas parvenu jusqu'aux oreilles.

S'ensuivit le rituel habituel :

— Bénissez-moi, mon père, car j'ai péché. Mon père, je m'accuse devant Dieu et devant l'Église des péchés suivants... et je lui débitai les inepties habituelles qu'il devait être las d'entendre et de réentendre jour après jour depuis son ordination, voilà plus de vingt ans. En fait, de tous les sacrements, celui de la confession m'a toujours semblé le plus farfelu. Comme sœurs cloîtrées, y être contraintes chaque semaine, dépassait le raisonnable. Nous en plaisantions parfois entre nous. Il nous fallait parfois réellement affabuler pour dénicher dans notre quotidien quelques péchés véniels à nous faire absoudre. « Mais qui croit ne pas pécher, pèche déjà par orgueil », ne cessait de nous répéter notre Mère supérieure.

— Rien d'autre ? me demanda-t-il.

— ...

— Marie-Pierre, regarde-moi dans les yeux, le démon de la chair ne s'est-il pas manifesté en toi cette semaine ? continua-t-il.

Aux abois, je ne répondis pas.

Tout en haussant les épaules, il installa nos chaises face à face et posa ses mains, comme il en avait donc pris l'habitude, sans aucune gêne sur mes cuisses.

Il sembla méditer un moment puis sa main droite glissa sur mon bas-ventre et s'y attarda. De la main gauche, il progressa ensuite vers ma poitrine. Il se saisit de mon sein droit et commença, du bout de l'index et du pouce, à en triturer le téton. Très vite, je sentis celui-ci se durcir et alors que mon confesseur, – un homme, ma foi, bien attirant –, me caressait maintenant aussi le sexe, je sentis une douce chaleur humide inonder celui-ci et je fus envahie d'un désir si violent qu'il me fit perdre la tête.

Dès lors, tout s'enchaîna très vite.

Oncle Jean m'ordonna de me dévêtir.

Je lui obéis.

La vue de mon corps nu décupla son excitation.

Son souffle se fit plus court.

Et alors qu'il m'embrassait sur la bouche et que, d'un doigt expert, il s'amusait à jouer avec mon bouton secret... je connus mon premier orgasme avec un homme.

Mes gémissements étouffés le rendirent fou.

Il me fit m'agenouiller devant lui, déboutonna le bas de sa soutane jusqu'au haut des cuisses et abaissa son caleçon sur ses chevilles.

Des deux mains, il me saisit la tête et plaça ma bouche devant son membre durci.

J'étais ahurie. À vingt ans et quelques poussières, pour la première fois de ma vie, se dressait devant moi un sexe d'homme en érection.

Père Jean s'approcha alors au plus près et, d'une pression légère sur ma nuque, fit entrer en contact sa verge et mes lèvres.

J'entrouvris celles-ci légèrement et le membre dur et chaud pénétra dans ma bouche.

Instinctivement, je commençai à le sucer délicatement dans un doux mouvement de va-et-vient.

Le monde n'était plus en cet instant que plaisir charnel et tandis que le prêtre se délectait, je sentais le feu me brûler les entrailles et je n'avais de cesse que de sentir son engin diabolique s'enfouir dans mon tabernacle.

Mais la grenade explosa précocement et le liquide séminal qui jaillit jusqu'au plus profond de ma gorge me ranima.

Un éclair de lucidité me traversa la tête.

Je me retrouvai soudainement perdue face à la triste réalité.

Une angoisse incommensurable me saisit et, tandis que mon partenaire tentait de reprendre souffle et contenance, ma mâchoire se serra de manière brutale et mes dents pénétrèrent profondément dans la verge toujours en moi.

Après toutes ces années, je suis certaine que les hurlements de douleur du père parjure hantent encore les murs du monastère !

Lorsque la prieure s'introduisit dans la cellule, j'ai bien cru qu'elle allait défaillir.

Il est vrai qu'une telle vision d'apocalypse en aurait tué plus d'une au cœur fragile.

Voilà !

Toute l'affaire fut, bien sûr, étouffée.

Père Jean fut emmené à l'hôpital. Il y passa quatre semaines, dont une en soins intensifs.

On a craint un moment devoir l'amputer.

Il fut ensuite envoyé se refaire une santé en mission en Afrique.

Mon père et ma mère signèrent communément mon avis d'internement.

Depuis ce jour funeste, je n'ai plus jamais voulu avoir de contact avec eux.

Pour moi, ils sont morts à jamais.

La vie au monastère a repris son cours sans moi.

***

Je lève les yeux vers Cécile. Embarrassée par mes paroles impudiques, elle évite mon regard.

Je lui dis :

— Voilà, Cécile, tu sais tout à présent de sœur Marie-Pierre. Merci de ne pas m'avoir interrompue. Si tu savais comme cela m'a fait du bien de t'avoir raconté toute cette histoire sordide.

Elle se reprend quelque peu et me répond :

— Ma pauvre chérie. Viens dans mes bras que je te serre.

Émues, nous restons toutes deux enlacées, silencieuses, quelques minutes.

Puis, elle me demande :

— Mais dis-moi, tu as trente-cinq ans, tout cela s'est passé alors que tu avais vingt ans et Fabien raconte dans son mail que tu es sortie de l'asile – euh, pardon ! de l'hôpital psychiatrique – il y a un peu plus de sept ans. Tu ne vas pas me dire que tu as passé huit ans enfermée pour ce truc ?

— Et pourtant si Cécile, huit ans ! Et crois-moi, j'en ai bavé. Pour eux, j'étais la seule responsable, tu comprends. Une nonne possédée par le diable qui fait perdre la tête à un pauvre prêtre, faut lui faire payer, non ? Mais heureusement, il y a eu Fabien pour me soutenir sinon, je t'assure, je ne serais pas ici ce soir pour t'en parler.

— Je ne le crois pas. Mais comment est-ce possible ? On est pourtant plus au Moyen Âge. Ben, ma pauvre, maintenant qu'il t'a retrouvée, ton Fabien, il serait peut-être temps de profiter de la vie avec lui ! N'attends pas d'avoir soixante berges pour te décoincer. Fonce. Envoie-toi en l'air.

— Ah, Cécile, si c'était si évident ! Allez, j'ouvre une autre bouteille. C'est plus facile de parler quand on a un petit verre dans le nez, non ?

***

Lorsque l'ambulance m'a déposée à l'hosto, une vieille infirmière au regard revêche m'y a accueillie sur le seuil. Sans un mot, elle m'a accompagnée immédiatement aux douches. D'une voix nasillarde, elle m'a demandé de me dévêtir et d'aller me placer nue, face à elle, dans un minuscule espace, sorte de grande douche sans bac et sans rideau, aux murs et au plafond de faïence, et au sol carrelé. À peine y étais-je qu'elle s'est saisie d'un tuyau qui traînait près d'elle sur le sol et a commencé à m'asperger pendant cinq bonnes minutes d'eau glacée. Surprise, je me suis mise à hurler. Elle n'a pas réagi.

J'ignorais encore à ce moment que ce cérémonial se répéterait pour moi chaque lundi durant huit ans. Inlassablement.

Après avoir tenté de me réchauffer tant bien que mal en m'essuyant sommairement avec la serviette rêche qu'elle m'avait passée, j'ai revêtu, comme elle me l'ordonnait, la chemise de nuit de couleur blanc cassé qu'elle me tendait et je l'ai suivie jusque dans le cabinet du toubib, un gros chauve d'une soixantaine d'années au visage écarlate, un cigare éteint collé entre les lèvres.

Plongé dans un dossier – le mien, je suppose –, il n'a même pas daigné redresser la tête lors de mon entrée. Si ce n'était sa blouse blanche de médecin, on aurait pu facilement le prendre pour un chevillard. Mal à l'aise, je suis restée une dizaine de minutes debout devant lui, presque au garde-à-vous, à me répéter inlassablement dans la tête les phrases qui, je l'espérais encore à cet instant, pourraient lui faire comprendre que je n'avais rien à faire dans son établissement. Que je n'étais rien d'autre qu'une victime, consentante certes, mais victime !

Quand il a enfin relevé les yeux et que son regard a croisé le mien, il s'est contenté de soulever les sourcils et de hausser les épaules. Il s'est ensuite lancé d'une voix rauque et d'une respiration saccadée, dans un long monologue entrecoupé de pauses interminables.

— Vous savez, Mademoiselle Barbier, a-t-il dit pour débuter, pour être tout à fait franc avec vous, je crois sincèrement que votre place n'est pas ici.

Bon début : nous étions sur la même longueur d'onde.

— Ah ! si toutes les femmes qui ont eu des comportements sexuels particuliers devaient être enfermées, une flopée de nouveaux instituts n'y suffirait pas, a-t-il poursuivi.

Il s'est levé, s'est dirigé vers moi et a repris :

— Et d'ailleurs, en ce qui vous concerne, contrairement à ce que le rapport médical indique, je ne considère pas du tout votre réaction comme hystérique. Mais bon, inutile d'approfondir. Le hic, dans votre situation, est que la réputation de l'Église est en jeu. Il est hors de question pour celle-ci d'accepter d'incriminer un prêtre et de prendre le risque que l'opprobre rejaillisse ensuite sur tous ses représentants. Cette affaire, qui doit rester secrète à tout prix, est à régler en vases clos.

Approchant son visage bouffi à quelques centimètres du mien, il a alors déclaré d'une voix soudainement beaucoup plus forte :

— À tout prix, entendez-vous ? Et le prix, qu'on le veuille ou non, c'est vous.

Il a reculé, est allé se rasseoir et a enchaîné d'un ton plus mielleux :

— Cela m'en coûte, je vous assure, de ne pouvoir m'opposer à leur demande concernant votre internement. Mais que voulez-vous que j'y fasse ? Enfin, soyez tranquille, je ne vous prescrirai aucune médication. Inutile de vous abrutir, en plus. Vous serez cloîtrée ici comme vous l'étiez finalement déjà au couvent. Vous êtes croyante. Considérez donc cela comme une épreuve que vous impose votre Seigneur...

L'air perdu dans ses pensées, il s'est alors arrêté un long moment avant de sursauter et de reprendre :

— Bien, bien, je vais vous laisser rejoindre vos nouveaux appartements. Avez-vous quelque chose de particulier, quelque faveur à me demander ?

Mais avant que j'aie pu lui répondre quoi que ce soit, il s'est adressé à l'infirmière, restée impassible dans un coin de la pièce durant notre tête-à-tête particulier, et il lui a simplement dit :

— Pavillon huit. Merci.

Et ce fut tout.

Pour lui, dès lors, je n'existais plus.

Mon cas était réglé... pour une éternité.

Assommée, telle une somnambule, j'ai donc suivi mon garde-chiourme vers le pavillon huit.

***

Il est près de minuit à présent. Nous grignotons en silence une part de pizza. L'écho du vent qui souffle en rafales

accompagne notre repas. Je demande à Cécile si elle a sommeil. Elle me répond :
— Un peu, cela peut aller, mais elle ajoute aussitôt que même si elle était épuisée, il serait hors de question qu'elle aille se coucher avant de connaître la fin de mon histoire.
Sacrée Cécile. Elle est décidément surprenante. Je lui souris et lui demande :
— Te rappelles-tu de cette soirée où nous étions allées au ciné-club ensemble ?
— Oui, oui, évidemment, me répond-elle. Il n'y a pas si longtemps. Mais je me souviens surtout de tes larmes pendant la séance. Tu étais bouleversée. Tu n'avais d'ailleurs même pas voulu en parler à la sortie de la salle. Ah ! si j'avais connu ton passé, ma chérie, sûr que je ne t'aurais pas emmenée voir ce film.
— Ouais. Tant d'images sont revenues à la surface ce soir-là ! À vrai dire, bien que le film soit un classique, je ne connaissais pas du tout *Vol au-dessus d'un nid de coucou* avant cette projection. Alors, tu peux facilement imaginer le choc lorsque je me suis retrouvée embarquée dans cette histoire d'internement. Merde. Le pavillon huit m'est remonté en pleine poire et m'a aplatie comme une crêpe.
— Mais tu en es sortie, quand même, maintenant !
— Ce fut pénible Cécile. Extrêmement pénible. Partager le quotidien de dingues pendant huit ans a de quoi te faire perdre la tête, je t'assure. Au début, pour supporter, j'ai essayé de m'en remettre à Dieu. Je priais du matin au soir et du soir au matin. Mais, un beau jour, au réveil, au bout de quelques mois, j'ai subitement perdu la foi ! Que s'était-il passé ? Je n'en sais fichtre rien mais je ne l'ai plus senti à mes côtés. Reparti comme il était arrivé, le Seigneur. Il m'avait abandonnée durant la nuit. Le choc, je ne te dis pas. Imagine-

toi, tu crois ton chemin tout tracé, pense consacrer ta vie entière à un idéal et, paf, d'un seul coup, d'un seul, tu te retrouves face à un vide sidéral. J'étais désespérée. Je suis devenue dépressive. J'ai commencé à lâcher prise, à perdre pied, à penser au suicide – n'était-ce pas leur but en m'internant après tout ? – mais heureusement, finalement, mon « Nicholson » à moi est arrivé et m'a sortie de cet enfer.
— Fabien ?
— Qui d'autre ?
— Mais comment avait-il atterri là ?

***

Le pavillon huit était celui réservé aux patients susceptibles de représenter un danger pour autrui. Quinze personnes, hommes et femmes mélangés, au maximum pouvaient y séjourner.

Nous disposions tous d'une cellule individuelle capitonnée avec toilettes, lavabo et télévision dans laquelle nous étions systématiquement enfermés de vingt-deux heures à six heures.

Le reste du temps, nous devions le passer au réfectoire ou dans la cour – espace clos aux murs surmontés de fils de fer barbelés – qui nous était réservée.

Nos journées étaient rythmées par les repas : petit déjeuner à sept, déjeuner à douze et dîner à dix-huit et par la distribution et la prise des cachets à vingt heures. Hormis cela, et la douche hebdomadaire du lundi, rien !

Imagine Cécile, la routine dans laquelle nous étions englués.

Quatre équipes de trois infirmiers – il eut été préférable de les nommer gardiens – étaient affectées à notre surveillance jour et nuit.

Bien que cela soit impensable, figure-toi que durant mon séjour le pavillon afficha toujours complet.

Je t'épargne le pedigree de mes camarades mais sache qu'avec mon pauvre petit coup de dent, je passais pour la sainte-nitouche du groupe. Pour te donner un exemple, je me souviens notamment de Louis, un petit homme d'une cinquantaine d'années au regard doux et à l'allure paisible. D'une politesse extrême, toujours courtois. Jamais un écart de langage, jamais de révolte. Une nuit, pourtant, quelques mois auparavant, il avait arraché et mangé les yeux de son épouse durant son sommeil et il lui avait ensuite planté un pieu dans le bide.

Laisser vivre des individus aux ciboulots dérangés, et pour la plupart très dangereux, dans de telles conditions de vie et de promiscuité est inhumain. Tu imagineras bien aisément qu'aucune journée ne se passait sans que des incidents, plus ou moins sérieux, plus ou moins violents, ne survenaient entre nous.

Comme je te l'ai dit tantôt, après quelques mois de ce régime d'enfer et après avoir perdu la foi sur laquelle je me reposais, j'ai lâché prise et je cherchais désespérément le moyen d'en finir, mais allez donc vous ouvrir les veines avec des couverts en matière plastique !

C'est à cette période, alors que j'étais au plus bas, qu'il est arrivé parmi nous.

Au début, je ne l'ai pas vraiment remarqué.

Puis un soir, au cours du dîner, alors que je ne m'alimentais plus depuis près de quinze jours et que je commençais à

faiblir méchamment, il s'est assis face à moi et, tout en posant un regard de chien battu sur moi, il m'a simplement dit :
— Faut que tu manges, petit ange.
Une décharge électrique m'a aussitôt transpercé le corps. D'une phrase anodine, il venait de me remonter à la surface. Il m'avait foudroyé.
Je n'ai pas répondu, j'ai pris ma fourchette et j'ai recommencé à manger.
Il a souri.
Cela m'a réchauffé le cœur.
Dès lors, pendant un peu plus de sept ans, on ne s'est plus quittés.
Nous sommes vite devenus indissociables, inséparables.
Si on a réussi à supporter l'insupportable, c'est seulement grâce à la présence de l'autre.
On a connu un amour étrange, dans un lieu étrange.
Jamais, sans doute, cela n'aurait pu être aussi fusionnel dans la « vraie » vie.
Et pourtant, cet amour est resté platonique puisque tout rapport sexuel était évidemment interdit dans le bâtiment.
À vrai dire, pour ma part, cela ne m'a jamais manqué. L'épisode de tonton m'a, je crois, frigorifié le sexe pour la vie. Et puis, une nonne, même défroquée, ça reste vierge, non ?
— Et lui ? m'interrompt Cécile.
— Oh, lui ! Avec les médocs que les infirmiers lui faisaient avaler chaque soir, pas de danger de ce côté-là. Il aurait pu remplacer sans problème un eunuque dans un harem rempli de créatures de rêve.
Nous en parlions souvent. Cela l'enrageait mais il a bien fallu qu'il s'accommode de la situation. Finalement, je peux dire que nous avons vécu un amour incandescent… mais chaste.

Je m'arrête un instant.

Assises côte à côte sur le sofa, les jambes repliées sous les cuisses, nous nous tenons la main. La pièce est dans la pénombre, illuminée seulement par la lueur vacillante de la pleine lune. À l'extérieur, le vent s'est légèrement calmé. Que toute cette histoire me semble irréelle. Je m'étire légèrement et reprends mon monologue :

— Imagine ma surprise le jour où, plus de sept ans après mon arrivée, je suis convoquée chez le toubib. Me voilà dans son cabinet, retour à la case départ.

Qu'il avait vieilli ! Faut dire que depuis notre premier entretien, je ne l'avais plus revu.

Il m'a demandé de m'asseoir – quel progrès – et il m'a annoncé de but en blanc ma sortie de l'institut pour le lendemain. Je n'en croyais pas mes oreilles.

— Pourquoi ? lui ai-je dit.

— L'Église a évolué ces derniers temps, m'a-t-il simplement répondu. Sur ce, il m'a serré la main, m'a souhaité bonne chance et m'a encore précisé qu'une certaine somme allait m'être remise avant mon départ en guise de dédommagement.

Une enveloppe pour l'achat de mon silence.

Faudrait tous les buter ! me suis-je dit.

Assommée par la nouvelle, j'ai rejoint le réfectoire et prévenu Fabien.

J'appréhendais sa réaction mais, finalement, il en parut heureux.

— C'est magnifique, petit ange, m'a-t-il dit, tu te rends compte, tu vas retrouver la liberté.

Mais lorsqu'il a prononcé ces quelques mots, une angoisse terrifiante m'a saisie. Je me suis mise à trembler de partout. Comment allais-je pouvoir faire face, seule, à la « vraie » vie ?

Moi, passée sans transition du cocon familial au couvent et du couvent à l'hôpital psychiatrique. Moi, toujours prise en charge par autrui, depuis ma naissance !

Alors, une nouvelle fois, comme toujours dans mes moments difficiles, Fabien m'a consolée, cajolée, encouragée, réconfortée. Et une nouvelle fois, j'ai repris confiance grâce à lui.

Nous avons passé ensuite le reste de la journée comme si de rien n'était. Nous n'en avons plus parlé.

Le lendemain, le cœur déchiré, sous le regard et avec la bénédiction de l'infirmier compréhensif, nous nous sommes quittés sur un long baiser langoureux.

Sans promesse, sans illusion, sans espoir de nous revoir un jour.

Nous étions tous deux conscients que notre histoire s'arrêtait là.

— Arrête Laurette, je ne comprends plus là, me dit Cécile. Pourquoi pensiez-vous que vous n'alliez plus vous revoir ?

— Pourquoi Cécile ? Car je n'aurais jamais imaginé qu'on puisse, même après quinze années d'internement, le relâcher un jour. Car, vois-tu, il y a quand même un élément indiscutable que je ne pouvais zapper dans cette belle histoire d'amour. Mon mec, avant d'aboutir dans mes bras, il avait quand même violé et dépecé six femmes. Et cela, Cécile, même si je l'aimais, ce n'était tout de même pas rien !

***

Après le départ de Cécile, peu avant l'aube, j'ai allumé mon ordi, ouvert ma boîte mail et j'ai envoyé un message à Fabien. Je lui proposais de me retrouver le lendemain, dimanche, à dix-huit heures, sur la place de la République afin d'aller manger un morceau à la pizzeria toute proche. Sans autre détail.

Après quoi, je me suis couchée.

Contrairement à mes appréhensions, j'ai dormi comme un loir et me suis réveillée, bien reposée et les idées un peu plus claires, vers midi. J'en ai conclu que me confier à mon amie m'avait permis de me libérer du poids pesant de la culpabilité qui pesait sur mes épaules depuis si longtemps.

J'ai pris un bain, mangé un fruit, bu deux tasses de café et, revigorée, ai ouvert mon courrier électronique.

Il avait répondu et accepté mon invitation. Il aspirait à me retrouver et ne doutait pas une seconde que nous allions au-devant de jours merveilleux ensemble.

Sa réponse ne me surprit pas. J'allais devoir tenir bon. Il me restait un peu plus d'un jour pour me préparer à ce tête-à-tête délicat.

Comment faire comprendre à Fabien qu'il est préférable d'en rester là. Que nous ne pouvons pas nous bercer d'illusions. Qu'il est inutile de tenter de faire revivre un amour vécu dans des conditions si particulières. Que tout cela serait d'avance voué à l'échec.

Comment lui faire comprendre sans le brusquer, sans l'offusquer ? Comment lui taire mes craintes, lui cacher ma peur, insensée peut-être, mais profonde... des actes immondes qu'il a commis dans le passé ?

J'ai appelé Cécile à la rescousse.

***

Comment ai-je pu imaginer une seule seconde le plaquer ? Ce mec, je l'ai dans la peau, j'en suis dingue.

Demain, il s'installe chez moi. À l'essai.

Sur la place de la République, on s'est donné la main, maladroitement. Embarrassés tous les deux, on n'a pas su comment entamer la conversation et on s'est donc contentés de foutaises, genre pluie et beau temps. Peu après, au resto, après notre premier verre de rouge, on a commencé à se détendre et c'est alors que je m'apprêtais à lui parler sérieusement de ma vision de l'avenir – genre « restons bons amis » – qu'il a commencé à me caresser les cuisses du dos de la main sous la table. J'en eus le souffle coupé. Aussitôt, un frisson intense me parcourut les entrailles et un désir aussi violent qu'inattendu me submergea.

Le simple contact de sa main sur ma peau avait suffi pour anéantir mes bonnes résolutions. En un éclair, le discours de la femme raisonnable, élaboré la veille avec soin avec Cécile, avait été pulvérisé. Mon amour pour lui n'était pas éteint.

On a alors beaucoup parlé. On a alors beaucoup ri.

Heureux de nous retrouver. Libres !

Après mon départ de la clinique, les choses avaient beaucoup changé, me dit-il. Une nouvelle direction, plus laïque, avait été installée et on s'était enfin décidé à tenter de soigner sérieusement tous les patients, même ceux catalogués comme dangereux. C'est ainsi que, plutôt que de m'abrutir, l'on a finalement pu me guérir, continua-t-il.

J'en fus surprise, mais ravie, et jamais il ne me vint en tête l'idée de mettre en doute ses paroles...

Le soir même, à trente-cinq ans, sans aucune hésitation, je perdais enfin ma virginité.

Dieu, que ce fut bon.

En y repensant, les larmes me montent aux yeux.

J'ai hâte de le retrouver... de recommencer.

Et dire que j'ai failli me passer de ce rare moment de bonheur terrestre.

Au nom de quoi ?
Vivement demain.

***

— Ma Cécile, comme je suis heureuse de te retrouver.
— …
— Mais pourquoi ces larmes, ma chérie ? Oh ! comme c'est étrange, c'est moi qui t'appelle « ma chérie » aujourd'hui.
— Laurette… Pourquoi ?
— Pourquoi ? Pourquoi ? Je n'en sais rien moi pourquoi ? Sait-on toujours comment les choses arrivent, pourquoi elles se produisent ?
— Il t'avait menacée ?
— Qui ça ? Fabien ? Bien sûr que non. Il est trop adorable pour cela. Jamais il ne me ferait de mal. C'est un amour. Nous avons connu quelques semaines inoubliables. Après nos galères respectives, nous l'avions bien mérité, non ?
— Et son passé ?
— Mais je te l'ai déjà dit, il était parfaitement guéri. Il a suffisamment payé pour qu'on ne le poursuive pas avec cette histoire toute la vie, non ?
— Ma pauvre chérie.
— Ah ! je te retrouve enfin. Mais, dis-moi, pourquoi m'empêche-t-on de le voir ?
— Raconte-moi, je t'en prie. Essaie de te souvenir.
— Tu m'ennuies franchement là ! Que veux-tu que je te dise ?
— …
— Et puis, merde ! Tout cela était instinctif. Ce n'est tout de même pas si grave.
— Dis-moi, Laurette.

— Bon, si tu insistes. Voilà, c'était le matin de la dix-septième nuit que nous venions de passer ensemble. Nous étions à peine éveillés. Il devait être près de neuf heures. Comme souvent, il bandait. Il m'a embrassée, m'a émoustillée. Je l'ai longuement caressé. Puis, bien vite, j'ai senti le désir monter en moi. J'ai alors voulu que son sexe adoré pénètre dans mon tabernacle, s'y réfugie, y explose, s'y repose.

Mais lui, il a souhaité élargir le champ des plaisirs !

Après m'avoir léchée divinement, il m'a présenté devant le visage son sexe dressé, prêt à exploser. Sans réfléchir – a-t-on d'ailleurs encore la capacité de réfléchir dans de tels moments ? – je l'ai englouti voracement tout au fond de ma gorge et je l'ai sucé goulûment.

Mais tandis qu'il se mettait à hoqueter, que je le sentais prêt à se décharger, le visage congestionné de mon oncle m'est soudainement apparu, et, horrifiée, j'ai serré les mâchoires et je me suis mise à mordre, à mordre, à mordre...

— Mon Dieu, Laurette, ce n'est pas vrai. Dis-moi que tu n'as pas fait ça.

— Cécile, c'était un accident, je t'assure. Tu me crois, n'est-ce pas Cécile ?

— ...

— Cécile, pourquoi tu pleures ? Promets-moi de me faire sortir d'ici, très, très vite.

— ...

— Promets-moi, Cécile, promets-moi, je t'en supplie.

— Désolé, ma chérie. Il faut que j'y aille.

— Non, Cécile, non. Ne t'en va pas ! Ne me laisse pas.

— ...

— Cécile... CÉCILE !

Je ne suis pas folle... JE NE SUIS PAS FOLLE !

Fabien... FABIEN, MON AMOUR !

Table des matières

Amies d'enfance 9

Une collègue envahissante 51

Fumer nuit à la santé 69

Profession de foi 87